T0405936

Todas las fotos de este libro
fueron tomadas en Bogotá.

A LA ORILLA

DE LA LUZ

Penguin
Random House
Grupo Editorial

Primera edición: marzo de 2020
Segunda edición: abril de 2025

© 2019, Simón Vargas Morales, por los textos
© 2020, Penguin Random House Grupo Editorial, S. A. U.
Travessera de Gràcia, 47-49. 08021 Barcelona
© 2025, Simón Vargas Morales, por las fotografías y los elementos gráficos
© 2025, Penguin Random House Grupo Editorial, S.A.S.
Carrera 7 # 75-51, piso 7, Bogotá, Colombia
PBX: (57-601) 743-0700

Impreso en Colombia-*Printed in Colombia*

ISBN: 978-628-7778-17-7

Compuesto en caracteres Adobe Garamond Pro

Impreso por Editorial Nomos, S.A.

SIMÓN VARGAS

A LA ORILLA

DE LA LUZ

Alfaguara

PARA JUAN Y JUANA,

UN CUENTO ANTES DE IRSE A DORMIR

YA ES DEMASIADO TARDE

EN AMBOS
COSTADOS

SE LE CAMINA
COMO QUIEN BAJA
UNA ESCALERA ROTA,
CON LA CERTEZA DE QUE
EL SIGUIENTE PELDAÑO
PODRÍA NO ESTAR AHÍ.

-ANÓNIMO EN LA CALLE 19

CUENTA REGRESIVA

TOKIO

Mira el reloj:

2:46 A. M.

Sabe que es mala idea coger un taxi en la calle, en especial por la noche, pero su celular se descargó y necesita llegar a la casa. Acaba de salir de la oficina y prefiere pedir taxi que aguantarse a Iván, que se ofreció a llevarla, pero se la está intentando levantar. Ambos trabajan en el mismo *call center* y a los dos los tratan como a hormigas: los hunden cada mañana en un hueco en la tierra hasta que dejan de sentir el tiempo pasar. Por lo menos su oficina no tenía ventanas. Al final, los trabajadores salen y se dan cuenta de que son las 2:46 a. m. No hay horarios o, más bien, es necesario trabajar horas extra si se quiere hacer un salario medianamente decente. Se trabaja las horas que se necesiten para sobrevivir, justo como las hormigas. Hoy fueron dieciocho.

No ve a nadie, pero siente como si alguien la estuviera observando. Mira hacia atrás: nada. A la derecha: nada. A la izquierda: nada. Se sigue diciendo a sí misma que no hay nadie, pero no poder mirar hacia todas partes en todo momento la llena de miedo.

«¿Y si está en una alcantarilla, o mirándome desde la ventana de un edificio?».

Seguro que así se sintió Kennedy.

Tal vez está escondido detrás de un poste de luz, o a lo mejor dobló por una esquina justo antes de que ella alcanzara a verlo. Se siente sin ropa. Peor: con ropa y desnuda. Le levanta la mano al primer taxi que ve. Abre la puerta justo cuando siente cómo pequeñas gotas le caen en la cara. El carro es un modelo nuevo, está muy limpio y el conductor la saluda con una sonrisa amplia que se ve por el retrovisor.

—Buenas noches, digo, buenos días —dice el taxista mientras la mira por el espejo, mete primera y pisa el acelerador.

Cómo le cae de mal la gente que dice eso. Es ella quien decide cuándo empieza y acaba su día.

—Buenas, vamos para la calle 76e con carrera 12 este, por favor.

—¿Cómo? No te oí, hay demasiado silencio —responde el conductor, aún sonriendo.

Ella ya está distraída, perdida entre las calles que pasan por la ventana. Las luces bogotanas se ven como surcos de luz desde el carro. Siempre que sale tarde de la oficina se pregunta quiénes son aquellos pocos que mantienen las luces de la casa prendidas hasta tan tarde. Nada bueno sucede después de las dos de la mañana. Ella procura no estar despierta a esas horas. Esta noche planea llegar derecho a la cama y ni siquiera se va a lavar los dientes.

—Oye, linda…

—Calle 76e con carrera 12 este —dice ella, irritada por tener que repetir.

—¡Uy! ¿Y eso qué barrio es? Yo por allá no voy mucho. Yo me muevo más por el norte.

—Barrio Tokio. Detrás de la montaña. Se va por encima de Rosales. Pasa el túnel y llega.

—Uy, ¿también hay Tokio? Barrio Egipto, Roma, Venecia, Madrid. Ya no saben qué más inventarse.

—Madrid es un pueblo —dice ella mientras mira por la ventana.

—Fijo también es un barrio.

Bogotá siempre le ha gustado. La llama como el azúcar a las hormigas. Sabe que no es la ciudad más bonita, pero no puede evitar sentirse a gusto entre sus paredes de ladrillo, el ruido y las personas y los puentes a medio hacer. Don Jiménez de Quesada, el primer conquistador en llegar a esa zona, montó la ciudad en la cima de una montaña, a la orilla de la luz, en donde hace frío todo el año y llueve todas las tardes. A todos les parece una idea pésima, pero a ella le encanta la lluvia, y el frío nunca la ha hecho sufrir. Ama cada gota que cae desde las nubes contaminadas y ama cómo percuten en las calles y en los techos de los edificios. Disfruta al ver las gotas pegadas a los vidrios. De hecho, agradece que esté lloviendo, pues el ruido es una excusa para evitar una conversación con el taxista. Desde pequeña su papá le ha dicho que se vaya, que acá no hay futuro, que Bogotá es un sifón. Cada día se convence más de eso, de que en realidad Bogotá sí funciona como sifón: todo lo que cae en ella se pierde y nunca sale. Ella cayó desde muy pequeña, pero, después de todo, no se está tan mal en «la tenaz suramericana». Sigue mirando las luces en los edificios mientras el carro avanza. El agua resbala por las ventanas. La luz de la ciudad se confunde al pasar por las gotas pegadas al vidrio.

—Linda, ¿quieres un dulce? —le pregunta el taxista, mostrando los dientes al hablar y alargando la mano hacia el asiento de atrás.

Tiene los dientes muy blancos. Demasiado blancos. Es una sonrisa extraña, como de anuncio de dentistería. Como de Photoshop. O, bueno, casi. En la mitad de la sonrisa se puede ver un huequito entre los dos dientes frontales, como el túnel que están por pasar para llegar al barrio Tokio.

Está concentrada en las luces, toma el dulce, lo abre y se lo mete a la boca. No sabe por qué se lo comió, pero ya lo está saboreando cuando entiende lo que acaba de hacer.

«¿Qué carajos acabo de hacer?», piensa.

No es capaz de escupir el dulce. Se lo metió a la boca y escupirlo es ya muy grosero, pero tampoco se lo quiere tragar. ¿Y si tiene algo? ¿Está, tal vez, demasiado dulce? ¿A esto saben los dulces normales? Mira el retrovisor y ve la sonrisa indeleble del taxista.

—Son de limón. Chúpalo un rato y me dices cómo te va.

Aún ve la sonrisa blanca interrumpida en el retrovisor, aunque el taxista ya no la está mirando. Se queda tatuada en el espejo, atormentándola mientras se obliga a saborear el dulce.

—Gracias —dice ella, un poco asustada por lo que acaba de hacer.

Decide concentrarse de nuevo en las luces. Siente como si ya hubieran dado la vuelta a la ciudad. Intenta fijarse en alguna de las placas verdes que indican la dirección de la esquina en donde está, pero el taxi va muy rápido y no puede leer ninguna. Las luces siguen serpenteando en las ventanas del carro. Nunca se había montado a un taxi sin música. No sabe si prefiere vallenato —usual elección en el gremio de los taxistas— o el ruido de la lluvia como música de ambiente. Se distrae un segundo con la luz de un carro que pasa al lado del taxi y es aquí cuando se da cuenta de que tiene unas feroces ganas de orinar.

Llegan sin avisar. Como un huracán: de repente y con gran fuerza. Tiene que apretar las piernas. Comienza a moverse de lado a lado, haciendo fuerza en una nalga, luego en la otra. La pierna izquierda le está saltando. Cruza las piernas, las descruza, las vuelve a cruzar. No entiende: entró al baño antes de salir, pero siente como si no hubiera orinado en semanas. Todo el cuerpo le pica y cada gota de sudor que resbala por su piel es un preludio para el momento húmedo en el que no pueda aguantar más. Se empieza a morder los pellejos de los dedos. El abdomen se le hincha y comienza a arderle. Se pellizca los antebrazos para pensar en otra cosa, pero no puede quitarse las ganas de la mente. La lluvia aún golpea los vidrios del carro.

—Perdón, señor, ¿podríamos parar dos minutos en algún sitio? Tengo que entrar al baño.

—Es muy tarde y no creo que ningún lugar esté abierto. ¿No te puedes aguantar hasta tu casa?

—Por favor, es urgente.

—No, lindura, no voy a parar el carro por esta zona tan fea.

Puede sentir el sudor en las axilas, en la parte baja de la espalda y en la frente. La primera gota rueda por el costado del abdomen, la segunda por su frente y la tercera está a punto de bajar por su nuca. Después de esas vienen muchas más. Es como si se orinara por todo el cuerpo. Aprieta las piernas con todas sus fuerzas y se le empiezan a encalambrar.

—Déjeme acá.

—No puedo dejar a una niña tan linda como tú tirada en la calle, ¿qué me diría mi mujer?

El ardor del abdomen la está matando y le están dando náuseas. Puede ver los dientes del taxista como destellos de luz en el retrovisor.

—No me importa. Pare el carro. Yo me bajo aquí.

—Perdóname, pero no voy a hacer eso.

Siente el corazón en la cabeza y ya tiene la espalda y la entrepierna empapadas en sudor. Las luces aún pasan por la ventana a la misma velocidad. Tiene ganas de llorar, pero si lo hace de seguro se orina. Mira el retrovisor una vez más y se encuentra con la sonrisa blanca del taxista. Siente un escalofrío bajarle por la espalda, por debajo de la piel y del sudor.

—Necesito que pare o me voy a orinar en su carro —dice con la voz temblando.

El conductor estira el brazo derecho y abre la guantera. Saca un periódico y se lo pasa.

—Por si acaso.

Ella, incrédula, mira al taxista. Toma el periódico a regañadientes. Sabe que ya es muy tarde, incluso así pudiera escapar del taxi. Tiene lágrimas en los ojos y su corazón va a la par del acelerómetro. Está a punto de perder el control. Aprieta las piernas lo más que puede, aunque sabe que esta vez no va a funcionar. Siente el escurrir tibio. El taxista la mira por el retrovisor y, para su horror, pero no para su sorpresa, aún sonríe.

Siente cómo todo se moja, cómo el sudor se funde con la orina y las lágrimas le escurren por la cara. Está empapada de los pies a la cabeza y aún no termina de orinar. Mientras llora, el olor empieza a invadir el taxi. No es muy fuerte, pero ahí está. No sabe si debe tratar de mantener lo que pueda adentro o si ya debe dejarlo todo salir, pero no puede controlarlo y se queda con las ganas de poder decidir. Al final se pone el pedazo de periódico entre las piernas y se queda en silencio.

—¿Sí estuvo rico el dulce? —le pregunta el taxista con una risilla—. Eres la que más ha llorado. Con tantas lágrimas pensé que te me ibas a secar antes de poder disfrutarlo.

El carro continúa avanzando. Después de unos minutos la orina y el sudor están fríos y el periódico está empapado. Bogotá se siente más fría. El taxista sigue conversando y sonriéndole por el espejo, pero ella no está poniendo atención. Sus lágrimas se parecen a las gotas de lluvia que escurren por la ventana.

El taxi entra a Rosales, pasa por el túnel y llega al barrio Tokio. Avanzan por la calle principal unos minutos, pasan la plaza del barrio, se meten por la primera cuadra a la derecha y a lo lejos ve su edificio.

—Listo, linda, llegamos. Son quince mil pesitos. Si tienes sencillo mejor, porque me quedé sin vueltas.

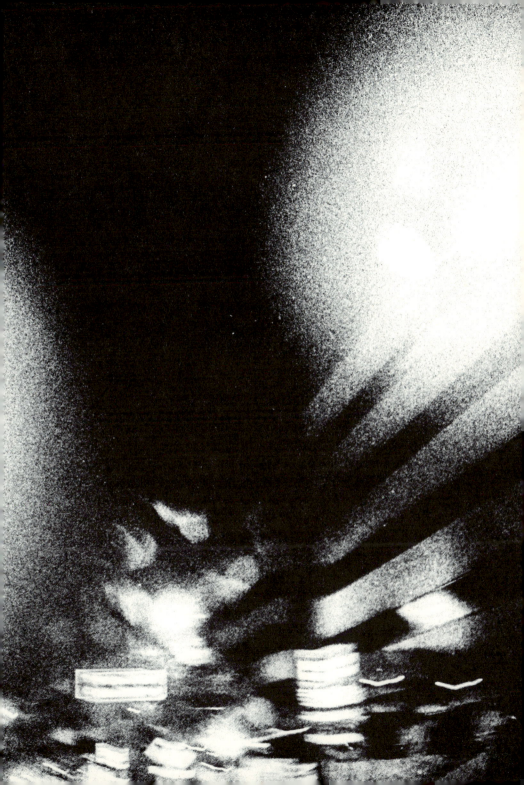

MIS AMIGOS

Qué poco afortunado se puede ser en un día. La Mala Suerte no distingue entre raza, género, nacionalidad, color de ojos, gusto por las anchoas u opinión sobre el aborto. Le toca a cualquiera y, al final, nos toca a todos. A unos más que a otros, sin razón aparente, sin que se pueda reprochar, aunque muchos igual lo hagan. Algunos la justifican. Que me quedan tres años desde que rompí el espejo del baño de mi oficina; que Toño, el gato de mi vecina, es muy negro y ella no piensa en los demás inquilinos del edificio; que no me eché suficiente sal en el hombro cuando dejé caer el salero; que mi mamá fumó mientras estaba embarazada; que los genes no me favorecen y todos sabemos que a los feos nos va peor. En fin, a Samuel no le gustan los gatos, el último espejo que rompió fue hace más de siete años, tiene alto el sodio, le han dicho un par de veces que no se ve tan mal y no le gustan las anchoas, pero igual tiene Mala Suerte, como todos los demás. Hoy le llegó como a uno le llegan la mayoría de las cosas: por accidente, en la calle, sin saber muy bien a quién echarle la culpa. Samuel tenía una entrevista de trabajo y en el camino alguien le regó el café encima.

—¡Uy, maestro, pilas con el tintico, que lo acabo de comprar!

Un hombre va corriendo y le pega en el hombro al pasar. El café vuela. Samuel ve el líquido suspendido en el aire, como en un comercial de leche entera, y sabe que ya no hay nada que hacer. Trae puesta una camisa blanca. Lástima.

Cuando le dan ganas de salir a perseguir al idiota que lo chocó, ya no sabe dónde se ha metido.

—¡Se le tiene en cuenta para el Día del Gamín, bacán! —grita Samuel, intentando que no se le note el dolor en la cara.

La gente lo mira cuando pasa. Lo ven con lástima de andén, de la pasajera, de la que dice «pobre hombre» mientras se alejan caminando. Nadie para. Nadie dice nada. Pero no hay servilleta ni lástima que valga: la mancha y el quemón están, una en la camisa blanca y el otro en su piel. Solo queda seguir caminando.

—Buenos días, vengo a lo de las entrevistas de trabajo.

—Uy, ¿y usted viene a presentarse así? —dice la mujer que lo recibe en la recepción del edificio, clavándole los ojos de arriba abajo, con desdén, como anticipando el «nosotros lo llamamos» que le llegaría un rato después.

—Me regaron el café de camino para acá. Perdóneme.

—A mí no me tiene que dar explicaciones, señor. Suba al sexto piso. Es la oficina 66.

Samuel sigue hacia el ascensor y jura oír la risa de la recepcionista, aunque a lo mejor es solo su imaginación.

Por favor, que solo sea su imaginación.

Se abren las puertas del ascensor y el espejo duplica el accidente cafetero que vive en su cuerpo. Es evidente que la mancha es más atractiva que su cara. Ni su pelo bien organizado, ni sus zapatos recién brillados, ni su cinturón de cuero de verdad. Nada resalta, nada brilla. Todo palidece frente a la mancha de café. Ni su colonia recién comprada —que igual no se ve, pero se supone que aporta— puede aguantar el nuevo olor a mañana bogotana descarrilada.

«Supongo que el olor a café no es del todo desagradable», piensa Samuel mientras espera a que el ascensor llegue al sexto piso.

«Está muy lento este ascensor».

$$5$$

$$6$$

Las puertas se abren y no hay nadie. Menos mal.

Samuel ve un baño cerca. Entra y se mira en el espejo. El pelo café peina-do con cuidado, la cara recién afeitada, el pantalón planchado con esmero y la mancha en la mitad de su camisa blanca quitándole protagonismo a todo lo demás. Se vuelve a lavar los dientes. Usa una crema triple acción, de esas que cuatro de cada cinco dentistas recomiendan, por si acaso.

La puerta de la oficina 66 está entreabierta. Samuel toca y oye desde adentro:

—Pase usted.

Samuel abre y pone su mejor sonrisa de dientes recién lavados.

—Uy —dice una voz desde adentro de la oficina.

No vale la pena describir la humillación.

Sale tan rápido como entró.

—Nosotros lo llamamos, no se preocupe.

El mundo es superficial, aunque ¿cuándo no lo son las primeras impresiones?

Se para en frente del ascensor y espera a que su reflejo lo vuelva a saludar al montarse.

Llega el ascensor. Reverenda mancha.

6

Samuel sabe que no tiene el mejor perfil, pero también puede reconocer cuando el rechazo no tiene nada que ver con dónde estudió o en qué ha trabajado antes. Ni siquiera se molestaron en pedirle teléfonos para las referencias a sus empleadores pasados. Y eso que ya Don Albeiro estaba avisado.

5

Que si llamaban dijera que era puntual y amigable, que era de esa gente que le pone «buen ambiente» a la oficina. Eso sí, sin hacer desorden. Que de hecho era muy organizado, de esos que tienen plantas en su escritorio y no dejan que se mueran pero tampoco son de plástico. Que siempre les llevaba uno de esos pastelitos pequeñitos de cumpleaños a sus compañeros, para que se sintieran apreciados y fuera fácil llevarlos luego a casa en transporte público. Es que hay que ser considerado. Nada.

4

Samuel suspira y siente la vibración del ascensor.

3

Ya oye a Sonia en su cabeza.

«Ay, mi amor, no se preocupe, que seguro segurísimo le va bien en la entrevista. No es tan complicado. Más bien venga y le plancho una camisa para que se vaya bien bonito y no le puedan decir que no. Y usted con esa sonrisa tan preciosa que tiene. ¿Quiere la blanca o la negra?».

2

El espejo le recuerda que su elección no había sido la correcta. O, bueno, que a lo mejor, con una camisa negra la cosa era menos evidente, por lo menos.

Se abren las puertas del ascensor, Samuel sale y procura no mirar a los ojos a la recepcionista cuando se despide.

—Hasta luego —dice Samuel con la mirada clavada en la puerta—. Que esté muy bien.

—Hasta luego —oye decir a sus espaldas.

Se rio, ¿cierto?

Sale del edificio y ve la hora. 9:30 a. m. Suspira. Todavía tiene todo el día por delante. Que, por lo menos hoy, el desempleo sea pretexto para un día libre. Prende un cigarrillo y empieza a caminar hacia la estación de bus que le sirve, que está como a diez minutos. Va pasando por la calle 72 cuando siente que vibra su celular en el bolsillo del pantalón. Lo saca y en la pantalla brilla: «Sonia 🚀 ♥».

Siempre se había jurado que no le iba a guardar a nadie con emojis en su celular, pero Sonia lo había convencido. Que porque su amor era «de otro planeta». Tenía constantes ganas de cambiarlo, pero le daba miedo que ella se diera cuenta y le armara problema. Hay peleas que es mejor no tener. Cuelga y guarda el celular. Qué pereza tenerle que decir que hoy tampoco consiguió trabajo. Y eso que esta era «una entrevista de las fáciles». Tenía la sensación de que igual no le gustaría trabajar en un lugar en el que una mancha de café fuera razón suficiente para algo, pero en este punto era más un tema de donde pudiera y no donde quisiera. Su celular vuelve a sonar.

«Sonia 🚀 ♥».

Suspira y contesta.

—Aló.

—Ay, mi amor, no lo cogí en la mitad de la entrevista, ¿o sí?

—No, mi niña, no se preocupe.

—¿Entonces ya salió? ¡Cuénteme cómo le fue!

—Pues nada. Hoy tampoco fue.

—¿Cómo así? ¿Por qué? —dice Sonia, con un tono que casi le dice que ya se lo esperaba.

Samuel puede imaginarse la cara de lástima evidente y rabia contenida.

A lo mejor es solo su imaginación.

Por favor, que sea solo su imaginación.

—No, pues es que de camino a la entrevista un loco pasó corriendo, me chocó y me tiró todo el tinto encima de la camisa. Quedé vuelto nada.

—Ay, Samuel, a nadie le niegan un trabajo por una mancha de café.

—Pues a mí sí.

Se oye ruido del otro lado de la línea. Seguro Sonia está, como él, caminando por la calle. Se imagina sus ojos verdes viendo a los carros avanzar lentamente entre el tráfico. Pasan unos segundos y ninguno habla.

—Vea, me tengo que ir. Yo hoy llego tarde a la casa, pero si está despierto cuando llegue me cuenta cómo fue toda la cosa —dice Sonia, cortando el silencio, como resignada con el hecho de que su esposo sigue desempleado.

—Listo, pues. La quiero mucho.

—Yo igual. Y cuídese. Que no me lo agarre la Mala Suerte.

—Muy tarde —responde Samuel, pero Sonia cuelga antes de oírlo.

Llovió hace poco y los charcos se esconden en las orillas de la calle. Los peatones caminan apeñuscados del lado opuesto del andén, no sea pase un conductor poco considerado y los moje a todos. Samuel va solo por la zona de salpicado, tentando a la Mala Suerte a que le mande más manchas. Llega al paradero de bus que le sirve y después de otro cigarrillo se monta en el que dice «Bilbao». No está cerca y le queda un tramo largo de camino. Por lo menos hora y media. Hay que atravesar Bogotá. A su derecha tiene los Cerros Orientales, imponentes, verdes, llenos de vida, brújula y punto de referencia de la ciudad, pero Samuel vive al otro lado, en el occidente, a la izquierda si se mira hacia el norte, tocando el otro límite de la ciudad: el río Bogotá. Un poco menos limpio, un poco más gris, con menos vida, valoriza menos las propiedades que están cerca de él. No es tan amable como los cerros, pero Samuel igual lo quiere. Sigue siendo vivir al lado de un río. No es el río con más corriente, pero en las noches se oye murmurar de cualquier manera.

—Buenas —dice un niño que va de copiloto, estirando la mano para recibir la plata del pasaje, pero sin mirarlo.

Samuel busca en su bolsillo y saca un billete.

—Subió cien pesos —dice el niño aún con la mano estirada.

Samuel le sostiene la mirada.

—Ok.

Saca una moneda de cien pesos de su chaqueta y se la da con el billete.

—Todo bien, patrón —responde el niño.

Samuel se sienta en uno de los puestos libres. No le caben las piernas en el espacio entre los asientos y tiene que ponerse un poco de medio lado.

Siguen subiendo los precios y pareciera que el espacio entre las sillas se encoge. Se da cuenta de que no trae audífonos. Catástrofe. La Mala Suerte se ríe mientras el bus se aleja. Samuel se alista para aguantar una hora y media de vallenatos y música popular. No es su plan favorito, pero ya en este punto toma lo que puede. Quiere llegar a su casa a jugar y ya no va a dejar que el día le salga peor, pase lo que pase. Unas cuadras más adelante la tibieza del bus logra que el sueño le gane a la incomodidad del asiento.

Despierta con un acordeón de fondo. Las calles destapadas le avisan que pronto llegará a su casa. A lo lejos se ve aparecer entre los techos de ladrillo un chichón de concreto. Es el más alto de los pocos edificios que hay cerca. Desde las ventanas del sexto piso se asoma su apartamento a mirar los techos de las casas alrededor.

—Buenos días.

Samuel voltea la cabeza y ve a un vendedor ambulante que se acaba de montar al bus. Al conductor y al niño copiloto pareciera no importarles hacer de plaza de mercado de vez en cuando. Seguro les dejan tajada.

—Dije «Buenos días».

—Buenos días —repiten a regañadientes unos cuantos pasajeros.

—Qué bonito es saludar y ser saludado. Yo soy Freddy y vengo esta mañana muy humildemente a ofrecerles este producto para sus hogares.

Samuel ve cómo el vendedor saca unas cucharas de palo de la maleta que lleva colgada en el pecho.

—Hoy les tengo cucharas de madera de máxima calidad. Están hechas a mano y son perfectas para su cocina; le dan ese toque rústico y de hogar que ha estado buscando. Se pueden meter al microondas y no se manchan al hacer sopa. Una cuchara para toda la vida. Son también un bonito adorno, un fantástico juguete para perro, un accesorio para el cabello y, si alguna vez se han sentido inseguros, una buena arma, si se agarra con fuerza.

Samuel ve que ya se acerca su paradero y se levanta.

—Y, hablando de inseguridad, yo les quiero recordar que yo podría estar robando, pero decido ganarme el pan honestamente acá en este medio de transporte público de la ciudad.

—¿Puede tocar el timbre, por favor? —le dice Samuel a un pasajero cerca de la puerta.

El timbre suena y el bus desacelera.

—¿Ya se va, caballero? No olvide su cuchara, por favor —dice el vendedor ofreciéndole una a Samuel.

—No, gracias, amigo, ya tengo cucharas de sobra.

—No como esta. Y son solo dos mil pesitos. ¿No va a apoyar la honestidad y el trabajo duro? No se vaya a quejar después.

La gente lo está observando y no por su mancha, aunque también. El vendedor lo mira a los ojos. Tiene práctica, tiene calle.

Samuel busca en su billetera y saca un billete de cinco mil pesos.

—¡Ah, va por la promoción! ¡Una en dos, tres por cinco!

El bus está quieto, esperando a que alguien se baje.

Samuel le da el billete y recibe tres cucharas de palo. Gangazo.

—Todo bien, patrón —le dice el vendedor con una sonrisa.

El niño copiloto sonríe por el espejo retrovisor.

Samuel se baja del bus sin trabajo, con dolor de piernas, manchado y con tres cucharas de palo.

Camina un par de cuadras y llega a su edificio. Por fin. Mira la hora: 12:06 p. m.

Imponente por contraste, alto y de concreto entre tantas casitas de ladrillo, el edificio se había construido hacía seis años en un intento por atraer gente con más dinero a una zona que por mucho tiempo había estado deprimida.

Que el barrio iba a llenarse de nuevos negocios, de nuevos proyectos de vivienda, de nuevas tienditas bonitas. Que los inquilinos locales se iban a ir e iba a llegar gente nueva. Mejor dicho, que Bilbao y Lisboa se iban a parecer, por fin, a Bilbao y a Lisboa.

Pero, como le había advertido su mamá, nada de eso sucedió.

Construyeron solo una de las seis torres propuestas. Samuel compró temprano en un proyecto en donde más tarde bajaron los precios. Nadie se fue, nada llegó. El edificio estaba medio vacío. Ni calles, ni autopistas, ni conexiones. Difícil salir y difícil entrar.

Bogotá siempre ha sido cruel con el tiempo de sus inquilinos.

—Don Samuel, buenas tardes. ¿Cómo me le va?

El portero lo recibe alegre al abrirle la puerta.

—Gracias, Gerardo. Ahí vamos.

—Oiga, si sumercé necesita ayuda quitando esa mancha, mi esposa tiene unas recetas buenísimas para dejar esos blancos blanquísimos. Vea.

Gerardo prende la luz de la portería y se abre el uniforme, enseñando la camisa.

Sí está muy blanca.

—¿Sí ve?

Es extraño como cada familia tiene una receta legendaria para algo muy particular. La receta para los blancos blanquísimos de la esposa de Gerardo, la receta para el pastel de atún más crujiente de la abuela de Sonia, la de su tía Emilia para los inodoros a los que nunca se les pega el olor, la del chocolate en agua que parece en leche de la mamá de su amigo Jaime. Siempre tienen algo inesperado, además, como si fuera brujería.

«Mira, le echas unas gotitas de limón y revuelves en contra de las agujas del reloj. Si lo haces bien vas a ver como el agua empieza a verse como si fuera leche. Nunca falla».

«Dejas el lomito de atún en la nevera con un par de ramitas de yerbabuena a cada lado y al día siguiente lo lavas con vino de misa, el más barato que encuentres. Entre más barato, más crujiente».

«Caldo de pollo, esmalte de uñas transparente, dos naranjas agrias y una veladora roja por una semana en la entrada del baño. Ni se te ocurra dejarla por más tiempo y no me preguntes por qué».

Samuel nunca ha seguido alguna de estas recetas, pero no puede evitar desconfiar de cualquiera que le crea a prender veladoras y esperar resultados, y, aunque no sabe cuál es la receta de la esposa de Gerardo, hablar de recetas para lavar ropa ya le da mala espina.

—¿Entonces? ¿Quiere que le diga a mi señora?

—Yo le aviso si algo, Gerardo. Mil gracias.

—Sin pena, don Samuel. Yo estoy pendiente.

Samuel avanza y se detiene. Se siente mal por desconfiar de las buenas intenciones de su portero.

—Oiga, Gerardo, ¿quiere una cuchara?

El portero lo mira extrañado.

—No, don Samuel, no se preocupe. Mil gracias.

El botón para llamar el ascensor se prende rosa y eso siempre le ha parecido particular a Samuel.

$$1$$

Samuel suspira y mira su camisa.

$$2$$

Ya por fin se va a cambiar.

$$3$$

$$4$$

«Qué lento ascensor».

$$5$$

$$6$$

Lo recibe la camisa negra que dejó en una silla del comedor la noche anterior. Entra a su cuarto, prende el televisor y empieza a cambiarse. En la pantalla se ve a una mujer llorando frente a la cámara. Es el noticiero del mediodía.

«TAXISTA DIURÉTICO SUELTO POR LAS CALLES DEL BARRIO TOKIO. MÚLTIPLES DENUNCIAS».

Samuel cambia de canal mientras se quita la camisa. Otro noticiero. Hay un hombre mal peinado entrevistando a un niño de unos diez años.

«EL EXTRAÑO CASO DE LOS NIÑOS SIN OMBLIGO».

Uy, no. Qué pereza.

En su pecho hay una gran mancha roja. La Mala Suerte lo tiene marcado, por lo menos de momento. Se pone una sudadera de esas que combinan el pantalón y el saco, toda azul oscura, de las que se manchan y no se ve.

Prende el Atari que le regaló su tía Emilia hace años, pone una silla en frente del televisor y se sienta.

SPACE INVADERS PRESS TO PLAY

Empieza la música. Cuatro notas que se repiten hasta el infinito. No necesita más. Le gusta que no cambie, que solo se haga más rápida.

Comienza a disparar.

12:55 P. M.

No importa cuánto lo intente, su puntaje no supera los 50.000. Está cerca de romper su propio récord y cada vez más cerca de romper el segundo puesto mundial, que está por los 55.000.

2:45 P. M.

Que Sonia no esté le da carta blanca para jugar todo lo que quiera. No hay reniegues, ni regaños, ni licuadoras, ni ojos verdes que lo desconcentren. Puede vivir su tarde sin jugo de lulo.

4:30 P. M.

Samuel siempre se ha preguntado qué tan más tarde sale el sol por cuenta de los cerros que rodean la ciudad. Lo particular del amanecer bogotano es que hay un momento en el que el cielo ya está azul pero el sol aún sigue escondido detrás de las montañas. Durante un buen rato la ciudad está en ese intermedio, justo a la orilla de la luz. Entre tanto siguen las cuatro notas y los disparos. 45.000.

8:30 P. M.

53.500. Ya tiene la técnica dominada. Ya está cerca. Hoy es su día. Manchado, quemado, desempleado, estafado, pero hoy es su día: va a romper el récord.

10:26 P. M.

Se va la luz.

—No, no, no, no.

La Mala Suerte se ríe.

—¡No!

Samuel mira lo que antes era su casi récord en lo que antes era una pantalla prendida. No ve nada. Está a oscuras. Ni récord, ni trabajo, ni nada. Está a oscuras, de verdad.

Le gana la rabia y la frustración. Se para de la silla, aprieta los puños y patea con fuerza el mueble del televisor, como si eso le diera los puntos que necesitaba para romper el récord. Al menos habría estado desempleado, pero con récord.

Se oye el golpe, algo cruje y un punzón intenso de dolor escala rápidamente por su pierna.

Samuel está tirado en el piso agarrándose el pie y la Mala Suerte lo mira desde arriba.

Suspira.

Prende la linterna de su celular. Todo se ve extraño bajo la luz blanca del teléfono. Es demasiado blanca. Demasiado artificial. Le hace sentir que algo no va bien.

Ni modo.

Agarra una chaqueta gruesa para combatir el frío de la noche, busca la cajetilla de cigarrillos que quedó en el pantalón que se quitó y agarra el encendedor que siempre está en el mesón de la cocina. Abre la puerta del apartamento y pide el ascensor.

...

...

No hay botón rosa que se encienda. No hay luz. Qué bruto. Le toca bajar por las escaleras y todavía le duele el pie.

6

5

4

Hace mucho que no usa las escaleras de su edificio. Todo se ve extraño y desconocido, más aún con la luz del celular. El eco de sus pasos suena como si no fuera el único que estuviera bajando.

3

2

Desde que los ascensores son la forma principal de movimiento vertical en los edificios se ha descuidado mucho la estética de las escaleras. Paredes grises, escalones grises y una baranda gris. Bien podrían ser las escaleras hacia el inframundo.

1

-1

¿-1?

¿Bajó un piso de más? Su edificio no tiene sótano.

A lo mejor es solo su imaginación.

Por favor, que sea solo su imaginación.

—Gerardo, ¿qué pasó?

—¿Don Samuel? Ay, sí, don Samuel, es que se jodió algo grande, porque todo el barrio está sin luz. Toca esperar a que vengan los técnicos de la alcaldía.

—¿Y ni idea cuánto se demoran?

—Dos o tres horitas, yo creo.

—Intenso.

—Sí. Tremendo apagón.

Ambos miran por la puerta de vidrio del edificio. La luz de la luna alumbra a medias la calle. No se ve nada ni a nadie.

—¿Cómo le fue con la mancha, don Samuel? ¿Sí logró sacarla?

—Ahí voy, Gerardo. De a poquitos.

—Solo no le vaya a echar agua caliente, que la sella y ahí sí no hay quien la quite.

—Claro, claro.

—Como que el calor hace que se amañe ahí en la tela. Como cuando uno va a tierra caliente, que ya luego no se quiere devolver a Bogotá.

Gerardo se ríe de su chiste y Samuel medio le copia la risa, en parte para que no sea incómodo y porque, al final, Gerardo le cae bien.

—Bueno, yo voy a echarme un cigarrillo acá afuerita y vuelvo —dice Samuel cerrándose bien la chaqueta—. Ya nos vemos, Gerardo.

—Vale, don Samuel. Venga y le abro con la llave, que sin luz no sirve el switch eléctrico de la puerta.

Sin luz todo se ve y se siente distinto. O, bueno, no sin luz: sin luz artificial. La luna pone sombras donde no acostumbran a estar y alumbra lo que los postes de luz no logran. Es otro mundo en el que Samuel, la Mala Suerte y su edificio aparecieron por accidente. Su mundo quedó a la orilla de la luz y lo que la luna alumbra ahora es otra Bogotá.

Samuel camina por el andén que rodea su edificio y llega hasta una pequeña placita, como un parque —de lo poco que sí construyeron—, que mira sobre el río Bogotá. Un intento de malecón a medio armar. Un mar de ladrillos junto al río. Una baranda intenta evitar que los niños y los borrachos se caigan.

Se oye el murmullo del agua.

Samuel prende un cigarrillo, cubriendo la punta con su mano libre para evitar que el viento también se ponga en su contra. La llama naranja del encendedor y la punta del cigarrillo al consumirse son las únicas luces que compiten con la de la luna.

—Disculpe, vecino, ¿tiene fuego?

Samuel se espanta y deja caer el encendedor. Se voltea y ve a un hombre con sombrero que estira su mano hacia él.

—Perdóneme, no era mi intención asustarlo.

—No, no, no se preocupe —responde Samuel, recuperando el aliento y aún tenso por el susto, mientras se agacha a recoger el encendedor—. Solo no vi a nadie por acá cuando llegué.

Agarra el encendedor y se lo pasa al hombre, que prende su cigarrillo de la misma manera que Samuel. La luz naranja ilumina brevemente su cara y Samuel se da cuenta de que es un hombre muy viejo. No sabría decir qué edad tiene, pero las arrugas profundas y el pelo platinado delatan el trabajo del tiempo. Casi no se le ven los ojos bajo los pliegues de la piel.

—Mil gracias, vecino.

—Sin problema —responde Samuel, agarrando el encendedor de vuelta y dejando salir de su boca una nube de humo.

El hombre, aunque inoportuno, no se ve peligroso. Trae camisa, chaleco y corbata, un abrigo y un sombrero de ala corta. Extraña forma de combatir el frío. Samuel apenas puede distinguir cómo se ve a la luz de la luna. Se ve raro, pero no pareciera querer hacerle daño. Además, con esa edad, Samuel sabe que puede correr y perderlo si lo necesita.

El silencio se hace incómodo entre los dos fumadores.

—¿Y usted vive por acá? No lo había visto en este parque antes —pregunta Samuel, jactándose un poco de que ya medio domina a la mayoría de personas que salen a fumar a la orilla del río.

El anciano fuma, se ilumina la cara y el sombrero y tira el humo mirando hacia arriba.

—Por acá mismito, ahí abajo —dice apuntando con los labios—. No me demoro ni cinco minutos hasta acá.

—Veo.

—Lo que pasa es que salgo poco —dice el anciano con la voz ahogada por una bocanada de humo que deja salir justo al terminar la frase.

—¿Y usted?

—¿Yo qué?

—Que si usted vive por acá cerca.

El anciano se ríe y le da otra calada a su cigarrillo.

—Ah, sí, sí. También estoy como a dos cuadras de mi casa.

En el silencio parece que el agua del río murmura cada vez más fuerte. A lo mejor es otro efecto de que se haya ido la luz.

—Vecino, ¿le podría pedir un cigarrillo de los suyos? Ese que me fumé era el último que tenía.

Si va a compartir el parque con este hombre mientras fuma, quiere que sea lo más ameno posible. O, bueno, ya en este punto del día ha perdido tanto que un cigarrillo menos no hace mayor diferencia.

—Claro que sí, hombre —responde Samuel al mismo tiempo que le ofrece su cajetilla—. El encendedor está adentro.

—Mil gracias, vecino.

La luz naranja juega con el relieve montañoso de su cara. Con el cigarrillo en la boca, mete de nuevo el encendedor en la cajetilla y se la devuelve a Samuel.

—Además… —dice el hombre otra vez con la voz ahogada.

Deja salir una bocanada de humo que le nubla momentáneamente la cara, estrellándose con el ala del sombrero.

— … está a punto de empezar.

—¿Qué cosa?

—¡El desfile!

—¿Cuál desfile?

—¡El desfile! ¡La pasarela! ¡La fiesta!

Silencio.

—Vea, vecino, si no lo ha visto lo mejor es que se quede, porque explicarle… —dice el anciano con una sonrisa que brilla incluso con la poca luz del lugar.

Todo está muy raro. Por más que haya estado cientos de veces en ese mismo sitio, Samuel no se siente en un lugar familiar y le preocupa que sea una de esas nuevas modalidades de robo de las que tanto hablan en las redes sociales. Ya le sonaba que salir a caminar en mitad de un apagón no era su idea más lúcida.

—Yo creo que mejor paso, pero que tenga buena noche.

Samuel se da la vuelta y empieza a caminar hacia su edificio, apurando el paso.

—Como prefiera, pero ya está comenzando.

El agua murmura cada vez más fuerte.

Algo obliga a Samuel a voltearse y ve al hombre de espaldas. Sigue la línea de su mirada.

El río está zumbando y en él el reflejo de la luna se hace turbio, como si el agua tuviera un escalofrío.

Algo está saliendo del río Bogotá.

Primero es solo un sonido. Algo chapotea en la oscuridad, rompiendo el agua con un ritmo lento, como si emergiera con cautela, probando el aire. Samuel entrecierra los ojos. No está seguro de lo que ve.

¿Es una cabeza? Una forma redonda, pálida, casi translúcida bajo la luz escasa. Se mueve con lentitud, como si el agua la estuviera entregando a regañadientes. No parece una persona. ¿O sí? ¿Una persona pálida y mojada? La piel parece demasiado tensa, como si estuviera recién estirada sobre el cráneo. El cuerpo al que pertenece es pequeño, del tamaño de un niño.

¿Será que lo está mirando? Así lo siente, aunque no hay ojos en su cara. La respiración de Samuel se vuelve pesada. Siente cómo el sudor le fija la camiseta a la espalda, pegajoso, helado, como si el río Bogotá lo empapara de adentro hacia afuera.

Otro cuerpo sale del agua. Luego otro.

Son niños. O parecen niños. Los pies descalzos no dejan huellas en el lodo, mientras juegan a escalar la ladera. Sus cuerpos reflejan la luz de la luna, como si estuvieran cubiertos por una capa de aceite. Uno de ellos abre la boca —un agujero negro y profundo— y se ríe, pero el sonido no coincide con el movimiento. Es como un eco, como si la risa viniera de un lugar lejano, de otro tiempo.

Seguro que lo están mirando y se están riendo de él, piensa Samuel.

El aire se espesa aún más. Algo gigantesco se levanta del río. Primero ve unos brazos, largos, anormalmente largos, tan delgados que parecen a punto de quebrarse, cuelgan como si estuvieran desencajados, rozando el barro con dedos pálidos y nudosos. De los brazos al torso y del torso a la cabeza, demasiado pequeña para el cuerpo, ladeada como si le costara sostener su propio peso. Su columna se dobla con un crujido seco cuando da el primer paso fuera del agua, como una estructura vieja a punto de colapsar.

Una línea oscura atraviesa la superficie del agua, cortando el reflejo de la luna. Es un cuerpo largo y grueso que se desenrolla con parsimonia, como si nunca fuera a terminar. Toca y se retuerce en la orilla, brillante, lodoso, expandiéndose como si estuviera respirando por primera vez.

Samuel sigue mirando, incapaz de hacer otra cosa. El lomo largo y liso se desliza por el barro, curvándose, creciendo. No termina. No tiene principio ni fin. Un cuerpo hecho solo de extensión. Se enrolla en sí mismo con un movimiento pausado y letárgico, como un animal que acaba de despertarse. Sigue saliendo y saliendo y saliendo, como si estuviera condenado a nunca poder abandonar el río.

Los niños —si es que son niños— siguen saliendo del río y Samuel puede ver cómo juegan y bailan. Hace un esfuerzo por contarlos, pero nunca ha sido bueno para la aritmética y con el miedo todo es aún peor. Parecen idénticos, con la misma piel estirada y sin imperfecciones, sin ombligos. Se mueven con un ritmo desconectado del resto del mundo, como si flotaran en vez de caminar. No deberían estar riendo, pero lo hacen. Seguro que es de él.

Samuel sabe que está viendo algo que no debería ver. Una de esas cosas que la gente no cuenta porque saben que no les van a creer. Le creerían más si dijera que Jesús le está hablando por mensajes de texto.

—¡Ah, vecino! ¡Entonces sí se quedó! —dice el anciano, apareciendo como si la escena no fuera algo digno de alarma—. Ya estaba pensando yo que me había quedado sin cigarrillos, si es que usted tiene la amabilidad de regalarme unos más mientras vemos el festival.

El festival.

Samuel aparta la vista del anciano solo para ver que el río Bogotá sigue vomitando cuerpos. Algunos salen lentos, arrastrándose con torpeza, dejando surcos en el lodo. Parecen hechos de otra cosa, algo que no es ni barro, ni agua, ni piedra, sino una masa amorfa que intenta mantener su forma sin éxito. Como carne a medio masticar. Algunos cuerpos se sacuden el agua de encima con movimientos espasmódicos, como perros recién bañados, otros la dejan escurrir y escapar lentamente, como lágrimas. El aire se llena de un olor antiguo, a humedad atrapada, como si el río llevara siglos descomponiéndose en sí mismo, atrapando todo lo que cae en él y fermentándolo en su vientre de barro. Es la memoria de todas las cosas que han caído en él y nunca han vuelto a salir. Es el olor de raíces ahogadas, de hojas muertas, de la basura y las aguas negras, de los planes de desarrollo urbano nunca realizados y de los cuerpos hinchados, olvidados, flotando en la oscuridad. Samuel siente los rastros de óxido y humedad pegársele a la lengua, como si estuviera respirando agua sucia en vez de aire.

Los niños juegan. Corren entre las figuras más grandes, enredándose entre ellas, ajenos a todo. Ríen. Samuel sabe que se ríen de él.

—Veci, pilas con el cigarrillo, que se va a quemar.

Samuel siente el ardor del tabaco encendido entre los dedos y en las tripas. Suelta el cigarrillo. Del río sale como un perro gigante, cabizbajo y lento. Todos se pierden entre las calles del barrio.

Las palabras se le escapan, corriendo despavoridas de la punta de su lengua a lo profundo de su garganta. Está paralizado.

—Es que es menos escandaloso salir cuando no hay luz.

Samuel sigue viendo la orilla del río y la pasarela que se va asomando. Parece infinita.

—Relájese, veci, que hoy no le van a hacer nada.

¿Acaso otro día sí?

El anciano le da una última calada a su cigarrillo, lo tira al suelo y termina de apagarlo con la punta del zapato.

—¿Y usted cómo sabe? —pregunta Samuel, encontrando por fin algunas palabras, aunque débiles y temblorosas.

—Esta no es mi primera vez —dice el viejo mientras mira a los seres salir del río.

—No entiendo.

—¿Qué no entiende?

—Nada.

El anciano ríe.

—¿Le importa si le robo otro cigarro? Para el frío.

Samuel, todavía desubicado, busca en sus bolsillos, saca la cajetilla y se la pasa al hombre del sombrero.

—Todo bien, veci.

Mismo mecanismo, misma luz, mismo humo.

—Fúmese uno usted, que lo veo como estresado.

Le toma varios intentos prender el encendedor.

El humo tranquiliza un poco a Samuel.

—¿Qué son?

—Depende de a quién le pregunte. Unos le van a decir que monstruos, otros le van a decir que dioses. Para mí son los encargados. Como los superintendentes de lo que pasa acá en la ciudad.

Siguen saliendo, hay de todas las formas y tamaños. Samuel se pregunta cómo hacen para pasar por debajo de los cables de luz y los puentes peatonales. Al parecer hay mucho de lo cual hacerse cargo en Bogotá.

—No entiendo cómo puede ser que esto pase sin que nadie se dé cuenta.

—En realidad nadie mira por las ventanas de su casa. Están ahí para que entre la luz, pero la gente no suele ver qué hay afuera, mucho menos en un apagón. Nadie sabe distinguir bien qué es qué sin la luz a la que está acostumbrado.
Samuel no se acuerda de la última vez que usó una ventana.

El anciano da una última calada a su cigarrillo y lo tira al suelo.

—Bueno, vecino, yo creo que yo ya me voy para la casa.

El anciano se acomoda el sombrero, la chaqueta y la corbata.

—Espere —le dice Samuel—, ¿y usted por qué sabe tanta vaina?

La sonrisa del hombre brilla azul con la luz de la luna.

—No puedo prender un cigarrillo debajo del agua.

Samuel siente cómo se le erizan los pelos de la nuca. Tiene los pies pegados a los ladrillos del suelo y las palmas de las manos sudorosas.

El hombre se pierde entre los seres del desfile y luego entre el agua.

Samuel se vuelve a quemar con el cigarrillo. Otro quemón.

Arranca a caminar, apurando el paso, como cuando alguien quiere correr pero le da vergüenza. Un caminado con zancada incómodamente larga. El trayecto hasta el edificio se siente eterno y la luna no lo hace más ameno.

—Don Samuel, ¿cómo me le va?

—Lo mismo, Gerardo.

-1

1

2

Todavía le tiemblan las manos.

3

4

Se seca el sudor de la frente con la manga del saco y el de las manos con el pantalón. Ya ni le duele el pie.

5

6

Samuel abre la puerta del apartamento y ve que en la mesa hay velas prendidas.

—Mi amor, ya vi la mancha y sí está bien grandota. Con razón.

Sonia ya llegó a la casa.

La Mala Suerte se ríe y, por primera vez en su vida, Samuel la oye.

Por favor, que sea solo su imaginación.

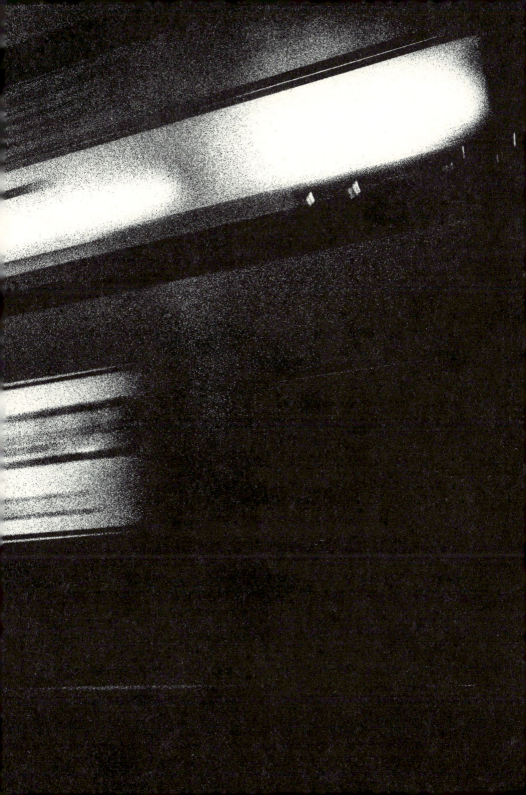

EL SEPTIMAZO

Su mamá no era la misma desde que se fue a ese retiro espiritual.

Ricardo lo sospechó desde que llegó diciendo que había que hacer algunos cambios en la casa y lo confirmó cuando un día su papá dejó de llegar del trabajo. Cada día, desde que se fue al retiro, era más raro. Cambió las sábanas de todas las camas, el mantel de la mesa del comedor, quitó las cortinas, cambió el sabor de crema dental que todos usaban, cambió de perfume y dejó de usar maquillaje. La casa dejó de oler a lo que olía antes. Un día llegó con la idea de que tocaba ver partidos de fútbol en familia. Y no los de un equipo en particular, como haría un hincha normal, sino todos los partidos de fútbol que pasaran por la televisión. Los buenos y los malos, los importantes y los no tanto, los de acá y los de allá. Mientras desayunaban, mientras almorzaban, mientras comían, antes de irse a dormir y en el celular mientras se lavaba los dientes. Luego empezó a decir que tocaba echarle porras a alguno de los equipos, no importaba a cuál, pero que tenían que ser porras en voz alta, que si no, no les llegaban las buenas energías.

—¡Alabío Alabao Ala bim bom bao, Millos, Millos, ra, ra ra! —gritaba su mamá con los puños en el aire.

Ricardo y su hermano, Nicolás, la miraban raro. Algunas veces ya no parecía su mamá.

—¡Pero duro, gritando, como si estuviéramos en el estadio!

Los vecinos se empezaron a quejar. Que había que bajarle al griterío. Que eran las 6:30 a. m. y que no los dejaban dormir. Que por favor, por favor, que no querían llamar a la policía. Que si no se callaban iban a llamar a la policía. Que ya viene la policía.

—¿Me va a decir que es ilegal ser hincha del buen fútbol, señor agente? —les decía su mamá a los policías en la entrada de la casa, antes de pasarles un poco de dinero.

Para ese entonces ya el olor a su papá ni se sentía en la casa y su mamá se sabía de memoria las tablas de clasificación del próximo mundial.

—Mami, pero a ti ni te gusta el fútbol —le dijo un día Ricardo.

—Es de sabios cambiar de opinión, Ricardo —le respondió ella con indiferencia.

Su mamá no era la misma desde que se fue a ese retiro espiritual.

A Ricardito le costaba cada día más quedarse dormido y todo empeoró el día en el que su mamá les dijo a él y a Nicolás que se tenían que dejar crecer el pelo, que no le preguntaran por qué, que era por una razón importante, que por ella es que estaban vivos, que en su casa se hacía lo que ella dijera y que ojo si le levantaban la voz.

—Pero en el colegio nos van a molestar, mami —se quejó Nicolás, pero su mamá estaba ocupada viendo los últimos minutos de su partido matutino.

Dicho y hecho, con el tiempo, en el colegio los empezaron a matonear.

—Uy, no, «pelo de niña» no juega porque este es un juego de niños —le decían a Nicolás en los partidos de fútbol en los recreos.

—Te metiste al baño equivocado, Ricarda.

Qué crueles pueden ser los niños, en especial antes de los diez.

Aunque fueran hermanos les creció el pelo de formas muy distintas: a Ricardito le creció liso, y caía en línea recta hacia el centro de la Tierra; a Nico le creció crespo, y caía en espiral, haciéndole el quite a la misma gravedad que tanto se veía en el pelo de su hermano.

—¿Dónde está mi papá? —preguntó un día Ricardo.

—En un viaje de trabajo —respondió su mamá, como si fuera obvio.

Pero no era obvio. Su papá trabajaba en un supermercado e, incluso con solo ocho años, Ricardito sabía que no hacía viajes de trabajo, mucho menos uno que durara tantos meses. Cada día todo era más raro.

—Mami, ya me quiero cortar el pelo —decía Nicolás todos los días al llegar del colegio. Ya lo tenía por debajo de los hombros.

—Ya casi, mi amor. Ya casito —le respondía su mamá mientras le acariciaba la cabeza.

Hoy, al llegar del colegio, su mamá los está esperando en la puerta de la casa.

—¡Nos vamos al Septimazo, mis amores!

—¿Qué es eso? —le pregunta Nicolás, quitándose el pelo de la cara con una mano.

—Es como un festival en el centro. Nos vamos para allá a pasar la tarde y a comer rico —responde ella con una sonrisa—. ¡Además, hoy vamos a ir a que les corten el pelo!

Por fin.

Los dos hermanos están saltando y celebrando cuando llega un taxi a recogerlos. Ricardo recuerda haber ido al Septimazo cuando tenía como seis, cuando era mucho más pequeño y caminar entre la gente era vivir entre gigantes, por eso su papá lo tenía que cargar en los hombros. Ahora era un poco más alto y ya no estaba su papá. En ese momento Nicolás tenía solo tres e iba en un coche empujado por su mamá, entonces obviamente no se acuerda de nada. Su papá había estado hablando todo el día sobre lo importante que era tener «presencia».

—¿Qué es eso? —le había preguntado Ricardo.

—Es saber qué hacer para que la gente no te ignore.

Justo ese día uno de esos hombres que viven en la calle había pasado junto a ellos mientras caminaban por el Septimazo. Toda la gente lo miraba y se quitaba de su camino. Eso era tener «presencia», supuso Ricardo. Era el olor. Desde entonces le gustaba usar perfume. Ese día le había pedido uno a su mamá, pero desde hace un tiempo ha estado usando a escondidas el que su papá dejó en la casa antes de irse. Era de lo poco que quedaba de él desde que se había ido.

El taxi los deja justo donde empieza el festival, sobre la carrera séptima, cerca del centro de la ciudad. Son más o menos las 6:00 p. m. y justo acaba de sonar el himno nacional en la radio.

—Bueno, mis amores, bienvenidos al Septimazo. Vamos a buscar al señor del pelo y luego vamos a comer alguito y a comprar alguna cosita de la que estén antojados, ¿les parece?

—¡Sí! —gritan los hermanos al unísono.

Ricardo y Nico sonríen. Casi pareciera que todo es normal.

Alrededor de la familia caminan personas de todo tipo. Se está terminando de armar el Septimazo. Los vendedores se instalan en hileras en la calle, dejando un espacio en medio para que la gente camine. Algunos ponen un pedazo de tela sobre el que van organizando su mercancía, otros traen un carrito lleno de cosas para vender, otros solo cargan todo lo que traen colgado en el cuerpo y caminan por ahí esperando a que alguien les compre. Cada cual una vitrina, cada uno más vistoso que el anterior. Y es que el Septimazo es eso: vistoso, llamativo, extravagante. Hay que llamar la atención del potencial cliente.

—¡Mami, mami! ¿Podemos comer arepa? —pregunta Nicolás mientras jala del brazo a su mamá.

—Ahorita, mi amor, primero busquemos al señor que corta el pelo.

Entre tanto especialista del rebusque se ven los clásicos del festival. Pasa una mujer empujando un carrito lleno de cosas piratas, de lo más visto. El carrito parece una estantería de madera enorme a la que le han puesto ruedas y luces de colores. Entre sus estantes se ve la camiseta de la selección Colombia, con el logo lo suficientemente parecido como para que a lo lejos nadie diga nada, pero igual ligeramente deforme, como si le hubieran tomado una foto desde un ángulo; discos de todo tipo, desde Mercedes Sosa hasta Luis Miguel, desde colecciones inventadas de los grandes éxitos de Shakira hasta los clásicos *14 Cañonazos Bailables*, que todos en Colombia saben que existen, pero en realidad nadie oye excepto en diciembre; libros de todo tipo y de todo nivel de piratería, desde los que parecen robados de la biblioteca de una universidad hasta los que tienen errores de ortografía en el título; ropa de marca que no es de marca y todas las posibles formas de decir en qué marca está basada sin decir la marca en realidad. Adudis, Niken, Armando Exchange: todo se vende igual. El carrito pasa de largo y se oye el sonsonete que lo persigue —porque cada vendedor tiene su forma de promocionarse—: «Toda prenda, todo libro, todo disco, hay de todo. Lo que quiera. La camiseta de la sele, la de James, la de Falcao. Los disquitos de los pelaos de Morat, de Shakira, de Pipe Peláez, de Maluma, de Metallica, de todo. No se deje engañar, solo original, siempre original». Esto se oye una y otra vez por un alto parlante pegado al carrito, siempre con la misma entonación, tan particular que es casi una melodía.

Ricardo y Nicolás van caminando entre la muchedumbre medio arrastrados de la muñeca por su mamá. Entre la gente aparece un hombre alto de pelo negro, con unas tijeras en una mano y una bolsa plástica llena de pelo de distintos colores en la otra. Está mascando chicle con grandes movimientos de mandíbula y trae gafas de sol, aunque ya no hay suficiente sol como para usar gafas. Esto no es una peluquería y este señor no parece un peluquero. A Ricardo se le quitan las ganas de cortarse el pelo. Que lo molesten en el colegio no es tan grave, al final. Mejor espera a otro día y a otro lugar.

—Mami… —empieza Ricardo.

—Quiubo, Javier —dice su madre, saludando al hombre de las tijeras sin prestarle atención a su hijo.

—Doña Nathalia, qué bueno verla por acá.

—Acá te traigo a estos dos muchachos.

—Mami… —repite Ricardo.

Su mamá le aprieta la mano con fuerza, como para decirle que se calle sin tener que interrumpir su conversación.

—Uy, ya tienen el pelo bien largo —dice Javier, dando un tijeretazo al aire—. Buenísimo.

—Sí, sí, ya está listo para cortar.

—Mamá —repite Ricardito, jalando a su mamá del brazo—. Ya no me quiero cortar el pelo.

Su mamá se agacha y se pone frente a él y su hermano. El señor de las tijeras hace una bomba de chicle, indiferente a la conversación de sus clientes.

—Miren, mis amores, cortémonos el pelo rápido acá con este señor y luego los llevo a que se compren lo que quieran.

—¿Lo que queramos? —pregunta Nico con los ojos bien abiertos.

—Lo que quieran de todo lo que ven acá —responde la madre con una sonrisa mientras acaricia la cabeza de sus hijos.

—Es que este señor me da miedo —insiste Ricardo en voz baja, acercándose al oído de su mamá.

—Ay, mi amor —le dice su madre con un beso en el cachete—. Yo te doy la mano mientras te corta el pelo. No va a pasar nada.

Ricardo asiente en silencio mientras le aprieta la mano a su mamá.

—Listo. Hágale —dice su madre mientras se levanta.

—¿Con cuál empezamos?

—Con cualquiera está bien.

El señor agarra a Ricardo de los hombros y lo voltea. Le pone la mano en el cuello y Ricardo la siente fría y húmeda, como si la acabara de sacar de un balde de agua helada. Un escalofrío le eriza los pelos de la espalda. Las tijeras que trae son viejas y largas, como de cortar tela. Cuando se cierran se oye un largo crujir de metal contra metal. Un par de tijeretazos al aire le dan a Ricardo una idea de dónde están antes de que toquen su cabeza. Siempre le ha dado miedo que se le lleven una oreja cuando le van a cortar el pelo. Hoy el miedo es aún más fuerte, pues evidentemente estas no son tijeras para cortar el pelo y este señor no es peluquero. Ricardo siente cómo le recoge todo el pelo sobre la cabeza y lo corta de un solo tijeretazo largo. Oye cómo corta el metal y de repente siente que su cabeza se hace más ligera.

—Listo. Vamos con el otro.

Ricardo se voltea y ve al hombre meter su pelo dentro de la bolsa de plástico. Luego ve a su hermano, que lo mira y se ríe. El hombre de las tijeras coge a Nicolás de los hombros y hace exactamente lo mismo que con Ricardo. A Nicolás no parece incomodarle la mano mojada, ni las tijeras, ni el señor que las sostiene.

Pelo recogido, tijeretazo por debajo de la mano, pelo en bolsa y un niño de seis años con un corte de pelo que, la verdad, sí da risa.

—¡Quedamos igualitos! —dice Nicolás con una sonrisa, tocándose el pelo con ambas manos.

—Listo, Nathalia. Ya estamos —dice el hombre de las tijeras mientras le hace un nudo a la bolsa de pelo—. Nos vemos pronto.

—Eso, va, Javier —responde su mamá—. Ya casi terminamos.

—Chao, niños —dice el hombre de las tijeras mirando a Ricardo a los ojos.

El hombre se despide con dos tijeretazos al aire y una mano en la frente, como un militar. Empieza a caminar y se pierde entre la gente. Ricardo ve huellas húmedas en el piso, como si el peluquero llevara los zapatos empapados.

—Bueno, mis amores, ya estamos listos —dice su mamá agachándose de nuevo—. Los dos quedaron divinos.

—¿Ahora sí podemos ir a comprar lo que queramos? —pregunta Nicolás sonriente.

—Claro que sí, mi amor.

De una billetera de cuero café, su madre les da veinte mil pesos a cada uno.

—¡Mira, mami, ahí venden perfumes! —dice Ricardo al ver un carrito pasar a unos metros.

—Ve y te compras uno, mi amor —le responde su mamá con una sonrisa—. Lleva a Nico de la mano, para que no se pierda.

Ricardo corre al carrito de perfumes con su hermano de la mano y ve que está el mismo perfume que usa su papá, el que ha estado utilizando a escondidas.

—Una pregunta —le dice Ricardito al vendedor—. ¿Cuánto cuesta este de acá?

—Veinticinco mil pesos nada más, amiguito —responde el vendedor, sorprendido de que un niño tan pequeño venga a preguntar por un perfume.

No le alcanza.

A lo mejor su mamá le da lo que le falta, que no es mucho.

—Nico, ven y le pedimos más plata a mi mamá —le dice Ricardo a su hermano, que está oliendo todos los perfumes que ve.

Ricardo y Nicolás se devuelven a donde estaba su mamá para pedirle algo más de dinero, pero no la ven.

—¿Mami? —pregunta Nicolás.

Ricardo siente el corazón palpitarle con fuerza en el pecho.

—¡¿Mamá?! —grita Ricardo.

No hay nadie en donde la dejaron.

La gente se voltea a mirarlos.

—¡Mamita! —grita Nicolás.

—¡Mamá! —grita Ricardo.

Están solos.

Definitivamente su mamá no es la misma desde que se fue a ese retiro espiritual.

AHOGADO EN UN VASO DE AGUA

«Qué sed».

Arturo se levanta casi en la oscuridad.

Los colores del amanecer se cuelan por entre las persianas. Arturo, a medio levantar, sigue un poco desorientado. A su derecha están la canasta de la ropa sucia —llena hasta el borde—, el ventanal y el espacio vacío en la cama. A su otra derecha están el clóset y, justo al lado, la mesa de noche. Encima, junto al despertador, cuatro vasos vacíos que alguna vez estuvieron llenos de agua. La puerta está mal cerrada. Frente a la cama, el televisor. No recuerda haberlo apagado antes de irse a dormir, pero más de una cosa se apaga sin que uno se dé cuenta. Al lado del televisor, varios vasos más.

En otra mesita hay una vela de vainilla sin estrenar que pretende remplazar el olor del cuarto, tan personal e intransferible que intentar cambiarlo es casi siempre una causa perdida. Va a volver a intentar. Al lado hay otros seis o siete vasos, todos vacíos. Con uno de esos había tratado de lavar el sabor a Catalina con el que se levanta en la boca cada mañana, pero, como el olor del cuarto o de la ropa, no es tan fácil de eliminar. Al final dejó de intentar. Fueron varios años de compartir el aliento mañanero.

Las sábanas se sienten densas, como si hubiera caído al agua con ropa. Arturo jura que el colchón se lo come. El silencio, como las sábanas, pesa en la habitación. Mover los pies bajo el edredón le recuerda que, sin importar cuánto los mueva, nunca van a chocar con los pequeños pies de Catalina. Le sucede lo mismo con el resto del cuerpo. Termina siempre durmiendo cerca del borde, bocarriba y muy quieto. No se puede arrunchar ni con la almohada.

Odia levantarse y tener que romper solo un huevo en la sartén. Odia tener que sacar solo un plato y tener que exprimir solo dos naranjas. Odia que la comida le dure el doble por la misma cantidad de dinero o lo mismo por la mitad del precio. Odia comprar ciruelas para darse cuenta de que solo ella se las comía y que él termina dejándolas secar en el mesón de la cocina. No ha sido capaz de tirar a la basura ni su ropa, ni su cepillo de dientes, ni su maquinita de afeitar, ni su maquillaje, ni su crema para limpiarlo. Al lavarse el pelo tiene la opción de usar su champú, pero prefiere el pelo sucio que el olor a lágrimas mezcladas con coco. Ahora la casa es el doble de grande, el doble de sola. El aire está la mitad de perfumado. Las luces se prenden igual, pero sin ella los espacios siempre están iluminados a medias. Él siempre había cocinado la pasta y ella la salsa. No le tomaría mucho más cocinar las dos a él solo, pero no por eso las proporciones dejan de estar malditas. En la cocina, junto a las ciruelas secas, filas y filas de vasos llenos de aire.

Hace un par de días, por la ventana, oyó a un loco gritar. Todos los barrios tienen los suyos, pero los que viven en las calles del barrio Tokio resultan particularmente cuerdos a los oídos de Arturo.

—¡A nadie se le niega un vaso de agua! ¡Todos estamos solos! ¡Solos! ¡Solos! ¡Solos! ¡Viva el partido comunista, pero el de la derecha!

Esa noche, con sed inmanejable, se sirvió otro vaso de agua, y otro, y otro y otro. Así esa y muchas otras noches.

«Qué sed».

Cuando Catalina se fue a Madrid, él le mandó saludos al *Guernica*, pero se enteró por la televisión de que nunca le llegaron, se quedaron a mitad de camino en un accidente aéreo, que empezó en las nubes y terminó en el fondo del mar. Y a ella que tanto le gustaba conocer lugares nuevos.

¿Si existe un océano pacífico existe acaso también un océano violento?

Al principio no lo creyó y todavía le cuesta, pero eso es irrelevante. Todavía se debate entre «así es la vida», «¿por qué a mí?» y «todo pasa por una razón», que le parece cruel y no entiende por qué la gente lo sigue repitiendo. Aún no encuentra el eslogan de su duelo y tampoco las medias que usó el día del accidente. Ese mismo día había servido otro vaso de agua, porque eso hace la gente cuando recibe malas noticias.

«Me tengo que sentar».

«Necesito un poco de agua».

Todos clásicos del cine.

No se le quitó la sed y vio las noticias de pie.

En la repisa junto al televisor se quedó ese vaso acompañando a otros tantos. Ya casi ni cabían entre las fotos, los libros y los souvenirs baratos que Catalina insistía en comprar en cada lugar al que iban.

En la cama, a Arturo el techo le devuelve la mirada. Lo juzga por estar mal afeitado y por no poder ordenar su vida. No quiere levantarse y tener que caminar entre el sinfín de vasos que dejó en el piso. Se está quedando sin espacio para ponerlos. Las franjas de luz que colorean la habitación se escurren a medida que el sol va subiendo. Ahora, la luz que entra ya no es la del amanecer y el cuarto queda de blanco. Arturo sucumbe de nuevo ante la sed y se levanta. Esquiva cada vaso en el piso y llega a la cocina para servirse otro. Suspira, se lo toma de un gran sorbo y lo deja arrumado con los demás. Todos son suyos menos el primero, aún lleno y con un poco de labial en el borde: el que Catalina dejó justo antes de salir para el aeropuerto. Lo atormenta saber que, desde que Catalina se ahogó, no existe suficiente agua en el mundo para calmar su sed.

REPITO Y REPITA

Repito y Repita se fueron al río, Repita se ahogó ¿y quién quedó?

Repito.

Repito y Repita se fueron al río, Repito se ahogó ¿y quién quedó?

Repita (el lector).

Repito y Repita se fueron al río, Repita se ahogó ¿y quién quedó? Repito. Repito
y Repita se fueron al río, Repita se ahogó ¿y quién quedó? Repito. Repito y Repita se fueron al río, Repita se ahogó ¿y quién quedó? Repito. Repito y Repita se
fueron al río, Repita se ahogó ¿y quién quedó? Repito. Repito y Repita se fueron
al río, Repita se ahogó ¿y quién quedó? Repito. Repito y Repita se fueron al río,
Repita se ahogó ¿y quién quedó? Repito. Repito y Repita se fueron al río, Repita
se ahogó ¿y quién quedó? Repito. Repito y
Repita se fueron al río, Repita se ahogó ¿y quién quedó? Repito. Repito y Repita
se fueron al río, Repita se ahogó ¿y quién quedó? Repito. Repito y Repita se
fueron al río, Repita se ahogó ¿y quién quedó? Repito. Repito y Repita se fueron
al río, Repita se ahogó ¿y quién quedó? Repito. Repito y Repita se fueron al río,
Repita se ahogó ¿y quién quedó? Repito. Repito y Repita se fueron al río, Repita
se ahogó ¿y quién quedó? Repito. Repito y Repita se fueron al río, Repita
se ahogó ¿y quién quedó? Repito. Repito y Repita se fueron al río, Repita se ahogó ¿y quién quedó? Repito. Repito y Repita se fueron al río, Repita se ahogó ¿y
quién quedó? Repito. Repito y Repita se fueron al río, Repita se ahogó ¿y quién
quedó? Repito. Repito y Repita se fueron al río, Repita se ahogó ¿y quién quedó?
Repito. Repito y Repita se fueron al río, Repita se ahogó ¿y quién quedó? Repito.
Repito y Repita se fueron al río, Repita se ahogó ¿y quién quedó? Repito.
Repito y Repita se fueron al río, Repita se ahogó ¿y quién quedó? Repito. Repito
y Repita se fueron al río, Repita se ahogó ¿y quién quedó? Repito. Repito y Repita se fueron al río, Repita se ahogó ¿y quién quedó? Repito. Repito y Repita se
fueron al río, Repita se ahogó ¿y quién quedó? Repito. Repito y Repita se fueron
al río, Repita se ahogó ¿y quién quedó? Repito.
Repito y Repita se fueron al río, Repita se ahogó ¿y quién quedó? Repito. Repito
y Repita se fueron al río, Repita se ahogó ¿y quién quedó? Repito. Repito y Repita se
fueron al río, Repita se ahogó ¿y quién quedó? Repito. Repito y Repita se fueron
al río, Repita se ahogó ¿y quién quedó? Repito. Repito y Repita se fueron al río,
Repita se ahogó ¿y quién quedó? Repito. Repito y Repita se fueron al río,
Repita se ahogó ¿y quién quedó? Repito. Repito y Repita se fueron al río, Repita se ahogó ¿y quién quedó? Repito. Repito y Repita se fueron al río, Repita
se ahogó ¿y quién quedó? Repito. Repito y Repita se fueron al río, Repita se
ahogó ¿y quién quedó? Repito. Repito y Repita se fueron al río, Repita se ahogó ¿y quién quedó? Repito. Repito y Repita se fueron al río, Repita se ahogó ¿y
quién quedó? Repito. Repito y Repita se fueron al río, Repita se ahogó ¿y quién
quedó? Repito. Repito y Repita se fueron al río, Repita se ahogó ¿y quién quedó? Repito. Repito y Repita se fueron al río, Repita se ahogó ¿y quién quedó?
Repito.
Repito y Repita se fueron al río, Repita se ahogó ¿y quién quedó? Repito. Repito
y Repita se fueron al río, Repita se ahogó ¿y quién quedó? Repito. Repito y Repita se fueron al río, Repita se ahogó ¿y quién quedó? Repito. Repito y Repita se
fueron al río, Repita se ahogó ¿y quién quedó? Repito. Repito y Repita se fueron
al río, Repita se ahogó ¿y quién quedó? Repito. Repito y Repita se fueron al río,
Repita se ahogó ¿y quién quedó? Repito. Repito y Repita se fueron al río, Repita

se ahogó ¿y quién quedó? Repito. Repito y Repita se fueron al río, Repita se
ahogó ¿y quién quedó? Repito. Repito y Repita se fueron al río, Repita se ahogó
¿y quién quedó? Repito. Repito y Repita se fueron al río, Repita se ahogó ¿y
quién quedó? Repito. Repito y Repita se fueron al río, Repita se ahogó ¿y quién
quedó? Repito. Repito y Repita se fueron al río, Repita se ahogó ¿y quién quedó? Repito. Repito y Repita se fueron al río, Repita se ahogó ¿y quién quedó?
Repito. Repito y Repita se fueron al río, Repita se ahogó ¿y quién quedó? Repito. Repito y Repita se fueron al río, Repita se ahogó ¿y quién quedó? Repito.
Repito y Repita se fueron al río, Repita se ahogó ¿y quién quedó? Repito. Repito
y Repita se fueron al río, Repita se ahogó ¿y quién quedó? Repito. Repito y Repita se fueron al río, Repita se ahogó ¿y quién quedó? Repito. Repito y Repita se
fueron al río, Repita se ahogó ¿y quién quedó? Repito. Repito y Repita se fueron
al río, Repita se ahogó ¿y quién quedó? Repito. Repito y Repita se fueron al río,
Repita se ahogó ¿y quién quedó? Repito. Repito y Repita se fueron al río, Repita
se ahogó ¿y quién quedó? Repito. Repito y Repita se fueron al río, Repita se
ahogó ¿y quién quedó? Repito. Repito y Repita se fueron al río, Repita se ahogó
¿y quién quedó? Repito. Repito y Repita se fueron al río, Repita se ahogó ¿y
quién quedó? Repito. Repito y Repita se fueron al río, Repita se ahogó ¿y quién
quedó? Repito. Repito y Repita se fueron al río, Repita se ahogó ¿y quién quedó? Repito. Repito y Repita se fueron al río, Repita se ahogó ¿y quién quedó?
Repito. Repito y Repita se fueron al río, Repita se ahogó ¿y quién quedó? Repito.
pito. Repito y Repita se fueron al río, Repita se ahogó ¿y quién quedó? Repito.
Repito y Repita se fueron al río, Repita se ahogó ¿y quién quedó? Repito. Repito
y Repita se fueron al río, Repita Repita se fueron al río, Repita se ahogó ¿y quién
quedó? Repito. Repito y Repita se fueron al río, Repita se ahogó ¿y quién quedó? Repito. Repito y Repita se fueron al río, Repita se ahogó ¿y quién quedó?
Repito. Repito y Repita se fueron al río, Repita se ahogó ¿y quién quedó? Repito. Repito y Repita se fueron al río, Repita se ahogó ¿y quién quedó? Repito.
Repito y Repita se fueron al río, Repita se ahogó ¿y quién quedó? Repito.
pito, y Repita se fueron al río, Repita Repita se fueron al río, Repita se ahogó
¿y quién quedó? Repito. Repito y Repita se fueron al río, Repita se ahogó ¿y
quién quedó? Repito. Repito y Repita se fueron al río, Repita se ahogó ¿y quién
quedó? Repito. Repito y Repita se fueron al río, Repita se ahogó ¿y quién quedó? Repito. Repito y Repita se fueron al río, Repita Repita se fueron al río,
ahogó ¿y quién quedó? Repito. Repito y Repita se fueron al río, Repita se aho-
go ¿y quién quedó? Repito. Repito y Repita se fueron al río, Repita se ahogó ¿y
quién quedó? Repito. Repito y Repita se fueron al río, Repita se ahogó ¿y quién
quedó? Repito. Repito y Repita se fueron al río, Repita se ahogó ¿y quién
dó? Repito. Repito y Repita se fueron al río, Repita Repita se fueron al río,
Repita se ahogó ¿y quién quedó? Repito. Repito y Repita se fueron al río, Repita se ahogó ¿y quién quedó? Repito. Repito y Repita se fueron al río, Repita
se ahogó ¿y quién quedó? Repito. Repito y Repita se fueron al río, Repita se
ahogó ¿y quién quedó? Repito. Repito y Repita se fueron al río, Repita se ahogó
go ¿y quién quedó? Repito. Repito y Repita se fueron al río, Repita Repita se fueron
al río, Repita se ahogó ¿y quién quedó? Repito. Repito y Repita se fueron al río,
Repita se ahogó ¿y quién quedó? Repito. Repito y Repita se fueron al río, Repita se ahogó ¿y quién quedó? Repito. Repito y Repita se fueron al río, Repita
se ahogó ¿y quién quedó? Repito. Repito y Repita se fueron al río, Repita se
ahogó ¿y quién quedó? Repito. Repito y Repita se fueron al río, Repita se aho-
go ¿y quién quedó? Repito. Repito y Repita se fueron al río, Repita Repita se aho-
quién quedó? Repito. Repito y Repita se fueron al río, Repita se ahogó ¿y quién
quedó? Repito. Repito y Repita se fueron al río, Repita se ahogó ¿y quién quedó? Repito. Repito y Repita se fueron al río, Repita se ahogó ¿y quién quedó?
Repito. Repito y Repita se fueron al río, Repita se ahogó ¿y quién quedó? Repito. Repito y Repita se fueron al río, Repita se ahogó ¿y quién quedó? Repito.
Repito y Repita se fueron al río, Repita se ahogó ¿y quién quedó? Repito. Repito
y Repita se fueron al río, Repita se ahogó ¿y quién quedó? Repito. Repito y Repita se fueron al río, Repita se ahogó ¿y quién quedó? Repito. Repito y Repita se

fueron al río. Repita se ahogó ¿y quién quedó? Repito. Repito y Repita se fueron
al río. Repita se ahogó ¿y quién quedó? Repito. Repito y Repita se fueron al río.
Repita se ahogó ¿y quién quedó? Repito. Repito y Repita se fueron al río. Repita
se ahogó ¿y quién quedó? Repito. Repito y Repita se fueron al río. Repita se
ahogó ¿y quién quedó? Repito. Repito y Repita se fueron al río. Repita se ahogó
¿y quién quedó? Repito. Repito y Repita se fueron al río. Repita se ahogó ¿y
quién quedó? Repito. Repito y Repita se fueron al río. Repita se ahogó ¿y quién
quedó? Repito. Repito y Repita se fueron al río. Repita se ahogó ¿y quién quedó?
Repito. Repito y Repita se fueron al río. Repita se ahogó ¿y quién quedó? Repito.
Repito y Repita se fueron al río. Repita se ahogó ¿y quién quedó? Repito. Repito
y Repita se fueron al río. Repita se ahogó ¿y quién quedó? Repito. Repito y Repita se fueron al río. Repita se ahogó ¿y quién quedó? Repito. Repito y Repita se
fueron al río. Repita se ahogó ¿y quién quedó? Repito. Repito y Repita se fueron
al río. Repita se ahogó ¿y quién quedó? Repito. Repito y Repita se fueron al río.
Repita se ahogó ¿y quién quedó? Repito. Repito y Repita se fueron al río. Repita
se ahogó ¿y quién quedó? Repito. Repito y Repita se fueron al río. Repita se
ahogó ¿y quién quedó? Repito. Repito y Repita se fueron al río. Repita se ahogó
¿y quién quedó? Repito. Repito y Repita se fueron al río. Repita se ahogó ¿y
quién quedó? Repito. Repito y Repita se fueron al río. Repita se ahogó ¿y quién
quedó? Repito. Repito y Repita se fueron al río. Repita se ahogó ¿y quién quedó? Repito. Repito y Repita se fueron al río. Repita se ahogó ¿y quién quedó?
Repito. Repito y Repita se fueron al río. Repita se ahogó ¿y quién quedó? Repi-
to. Repito y Repita se fueron al río. Repita se ahogó ¿y quién quedó? Repito. Re-
pito y Repita se fueron al río. Repita se ahogó ¿y quién quedó? Repito. Repito y
Repita se fueron al río. Repita se ahogó ¿y quién quedó? Repito. Repito y Repita se fueron al río. Repita se ahogó ¿y quién quedó? Repito. Repito y Repita se
fueron al río. Repita se ahogó ¿y quién quedó? Repito. Repito y Repita se fueron
al río. Repita se ahogó ¿y quién quedó? Repito. Repito y Repita se fueron al río.
Repita se ahogó ¿y quién quedó? Repito. Repito y Repita se fueron al río. Repita
se ahogó ¿y quién quedó? Repito. Repito y Repita se fueron al río. Repita se
ahogó ¿y quién quedó? Repito. Repito y Repita se fueron al río. Repita se ahogó
¿y quién quedó? Repito. Repito y Repita se fueron al río. Repita se ahogó ¿y
quién quedó? Repito. Repito y Repita se fueron al río. Repita se ahogó ¿y quién
quedó? Repito. Repito y Repita se fueron al río. Repita se ahogó ¿y quién quedó? Repito. Repito y Repita se fueron al río. Repita se ahogó ¿y quién quedó?
Repito. Repito y Repita se fueron al río. Repita se ahogó ¿y quién quedó? Repi-
to. Repito y Repita se fueron al río. Repita se ahogó ¿y quién quedó? Repito. Re-
pito y Repita se fueron al río. Repita se ahogó ¿y quién quedó? Repito. Repito y
Repita se fueron al río. Repita se ahogó ¿y quién quedó? Repito. Repito y Repita se fueron al río. Repita se ahogó ¿y quién quedó? Repito. Repito y Repita se
fueron al río. Repita se ahogó ¿y quién quedó? Repito. Repito y Repita se fueron
al río. Repita se ahogó ¿y quién quedó? Repito. Repito y Repita se fueron al río.
Repita se ahogó ¿y quién quedó? Repito. Repito y Repita se fueron al río. Repita
se ahogó ¿y quién quedó? Repito. Repito y Repita se fueron al río. Repita se
ahogó ¿y quién quedó? Repito. Repito y Repita se fueron al río. Repita se ahogó
¿y quién quedó? Repito. Repito y Repita se fueron al río. Repita se ahogó ¿y
quién quedó? Repito. Repito y Repita se fueron al río. Repita se ahogó ¿y quién
quedó? Repito. Repito y Repita se fueron al río. Repita se ahogó ¿y quién quedó? Repito. Repito y Repita se fueron al río. Repita se ahogó ¿y quién quedó?
al río. Repita se ahogó ¿y quién quedó? Repito. Repito y Repita se fueron al río,

Repita se ahogó ¿y quién quedó? Repito. Repito y Repita se fueron al río. Re
pita se fueron al río, Repita se ahogó ¿y quién quedó? Repito. Repito y Repita

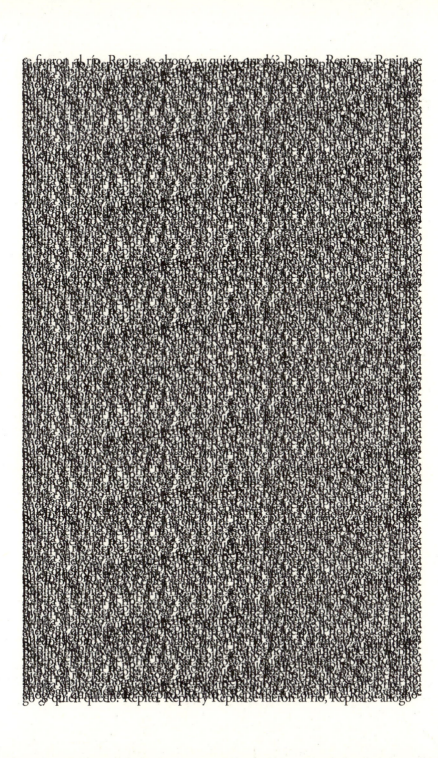

AQUÍ YACE REPITA.

AHOGADA EN EL RÍO BOGOTÁ

MELODÍA STEREO

Todo empieza a las 7:00 a. m., en especial el frío. Nadie nunca le ha podido explicar a Jairo cuál es la razón para que se haga así, pero así se hace. A lo mejor es un tema de que así se hacía en el campo, cuando desaprovechar la luz del sol era como dejar caer dinero y perderlo por la pereza de agacharse a recogerlo. Bogotá es una ciudad en donde el que quiere que Dios le ayude por madrugar paga con tembladera y dedos entumecidos, ayer y hoy, hace cien años y mañana.

Y la radio:

«Aquí, Bogotá, la bella capital de Colombia. Desde el moderno edificio de cristal en la calle 45, epicentro de la radio, transmite Melodía Stereo en 730 kilociclos. Son las siete cero seis a. m.».

Todas las tiendas abren a esta hora, los buses van llenos, los andenes están pesados con la masa que camina hacia el trabajo, la calle ya empieza a oler a desayuno con prisa y a sonar a llegada tarde a la oficina. Todo comienza a las 7:00 a. m., como si nunca nadie hubiera dicho que es inhumano empezar a trabajar cuando el frío es más duro y el recuerdo de la cama es más fuerte. Tan cruel como inevitable es el horario que la ciudad ha decidido para sus inquilinos. Todo esto es aún peor sobre la Carrera Séptima con calle 22, que cerca de la ladera de los cerros no recibe la luz del sol sino hasta las 9:00 a. m. —si se tiene la suerte de que no haya nubes— y es, además, la puerta de entrada al centro para todas las personas que llegan del norte de la ciudad. Esto es lo que Jairo piensa constantemente, y sufre por lo mismo cada mañana cuando levanta la cortina de aluminio que cubre la vitrina de su tienda. Se frota las manos con fuerza, para empezar a desentumecer los dedos.

¡CLÁQUETE!

El golpe del aluminio contra el marco de la vitrina es lo que cada mañana termina de levantarlo.

—Buenas, don Jairo, ¿cómo me le va? —dice una mujer que trabaja en la tienda de al lado al verlo alistar su tienda.

Jairo refunfuña.

—No sea amargado, hombre, que ya casi que se respira el fin de semana.

Como si el sábado no fuera otro día para trabajar y ese olor a fin de semana no fuera el mismo olor a buñuelo del día anterior.

—Que tenga buen día —dice la mujer en voz más alta de lo necesario, como reprochándole a Jairo que no le haya devuelto el saludo.

Jairo levanta la mano derecha mientras entra. Medio para despedirse, medio para callarla. Que cada quien le ponga un nombre.

La tienda está fría cuando entra, como todo a esa hora. Prende la luz. Los bombillos brillan contra el piso de baldosa blanca y verde y se reflejan en los vidrios de los escaparates. Se iluminan cámaras de todo tipo, de las viejas y de las nuevas, de las raras y de las no tanto, de las caras y de las baratas, para el que sabe y para el que no sabe, las joyas escondidas y las que aunque brillan no son oro. Mil lentes atentos a lo que sucede dentro de la tienda y a un par de manos que se quieren calentar.

Jairo se estira, levantando los brazos sobre la cabeza y echándolos para atrás. La espalda le truena. Con los años le suenan cada vez más cosas que en su juventud se mantenían en silencio. Todo empezó una mañana a sus veinticinco. Se levantó y al caminar al baño se dio cuenta de que le sonaban las rodillas y los talones. Recordaba cómo de pequeño se sorprendía con el sonido que hacía el cuerpo de su padre al levantarse, como si se tuviera que ajustar después de no moverse durante la noche. Cuando oyó su cuerpo imitar el sonido, se sintió adulto. Por primera vez era consciente del deterioro. Que fuera su cuerpo lo hizo sentir vulnerable. No esperaba que le sucediera a él. Se rio de nunca haberse dado cuenta de que tenía   la ilusión de ser inmortal; una ilusión que, con los años entendió, tiene todo el mundo.

Jairo entra al baño, sale y se sienta a leer el periódico. Se quita la chaqueta y se la pone sobre las piernas. La luz blanca sobre paredes blancas no ayuda con el frío.

Una mosca

vuela cerca

de su cabeza.

«TAXISTA DIURÉTICO SUELTO POR LAS CALLES DEL BARRIO TOKIO».

Lástima.

Sigue leyendo las noticias.

Peón de E2 a E4.
Ese era un buen primer movimiento.

Suena la puerta y entra la luz del sol. Ya la mañana ha avanzado y él sigue leyendo el periódico. Entra una mujer joven, pelinegra, alta, parece universitaria.

—Buenas —saluda la mujer.

—¿Qué necesita? —pregunta Jairo sin bajar el periódico.

La mujer se demora unos segundos en responder, incómoda por la falta de saludo.

—Tengo una cámara dañada. Me dijeron que acá la arreglaban.

Jairo baja el periódico y se levanta. Le duele la espalda al pararse y se demora en llegar al mostrador.

—¿La trajo?

De un morral evidentemente universitario —Jairo tenía razón— sale una cámara antigua, como de los años sesenta. Se alcanzan a ver los cuadernos entre la maleta.

—A ver.

Jairo agarra la cámara y con ella llega un fuerte olor a azufre.

—Uy, ¿y esto por qué huele así?

—No tengo ni idea, pero si puede quitarle el olor también se lo agradecería.

Jairo mira a la mujer con cara de que está pidiendo más de lo que él puede ofrecer, pero a lo mejor con el arreglo y la limpieza el olor se va.

—Pues puedo intentar, pero no le aseguro nada.

—Listo.

Jairo vuelve a examinar la cámara, aunque no se la acerca mucho a la cara. Es una Nikon F, la cámara de los fotorreporteros de la guerra de Vietnam. Intenta abrirla y no puede. A lo mejor tiene el seguro atascado. Un trabajo de diez minutos a lo sumo, piensa.

—Venga mañana. El arreglo le cuesta cincuenta mil pesos.

—Ok. Se la dejo entonces. ¿Necesita que le deje algo más?

—Puede pagar hoy o mañana. Lo que le quede más fácil.

—Se la dejo pagada entonces.

La mujer saca una billetera de cuero roja, la abre, la luz se refleja en el carnet universitario, saca un billete de cincuenta mil pesos y se lo da.

—Deme un segundo y le doy el recibo.

—Voy de afán, si algo me lo da mañana.

La mujer sale sin despedirse de la tienda. Ojo por ojo.

Jairo sonríe. De gente bruta no pedir recibo. Si no tuviera una reputación que mantener, se robaba la cámara para darle una lección a la mujer. «Siempre pida recibo que si no cómo comprueba que pagó», le dijo siempre su padre. Gente confiada. Lo irónico, sin embargo, es que nadie que no le pida a él un recibo paga por no hacerlo. Le parece gracioso no poder darle una lección y que su propia honradez lo haga cuestionar la necesidad de hacerlo. En fin, a lo mejor él confía menos de lo que debería, pero ya está viejo como para cambiar sus hábitos.

Peón de C7 a C6.

La mañana pasa lenta y con poco movimiento en la tienda. Suenan las páginas del periódico sobre el ruido de la radio con poco volumen. Viene un hombre preguntando por «una de esas camaritas, de las que son como para niñas, de las que salen las fotos por encima como con un color chistoso, de las que están de moda, las que son como *azulamarilloverdosas*, las que son Polaroid pero no las Polaroid, que son muy caras, sino estas otras que también son automáticas pero son más baratas y de colorinches». Jairo sabe exactamente a qué se refiere, pero el hombre se espanta cuando le dice cuánto vale.

—Si me quiere robar mejor sáqueme una pistola, que yo no voy a pagar esa barbaridad por una camarita de juguete —le dice el hombre, ofendido.

—Hombre, no es una cámara de juguete y eso es lo que vale una cámara automática, ¿o es que usted cree que el truquito de sacar las fotos instantáneamente la hace más barata que una cámara normal?

Se sostienen la mirada y el silencio deja oír el ruido de la calle afuera de la tienda.

—No me venga a decir ladrón solo porque no sabe qué es lo que está comprando —dice Jairo levantando los hombros.

El hombre cruza los brazos, aún ofendido. Se voltea y se va. Suena la puerta, se cuela momentáneamente la luz del sol y luego sale por donde entró, como el hombre. Jairo se queda solo y en la penumbra.

Pero el hombre idiota tiene razón.

        La   mosca

se   para   en

       una   de

                  las

                    vitrinas.

Por más equivocado que estuviera, Jairo tampoco se habría aguantado el sermón de un desconocido de gratis. No, gracias. No, por favor. Ante todo la dignidad. Y, por más que muchos crean lo contrario, de poder escoger, incluso en momentos en los que uno es quien ha cometido el error, es preferible conservar la dignidad. Preferible ser arrogante y digno que humilde y humillado.

No hay más clientes esa mañana.

Jairo no sabe si el hecho de que el local sea suyo es una maldición disfrazada de bendición, como suelen venir empacadas, o si solo es una bendición que le tocó a un usuario pesimista. No importa si no hay clientes, no tiene que pagar renta. No importa el impuesto predial del local, pues el edificio en donde está es patrimonio de la ciudad y el impuesto es bajísimo. Su padre le dejó la tienda de cámaras y el local de al lado para arrendar. Ya con eso tiene «la vida solucionada». O, bueno, sin problemas de dinero, por lo menos. La solución a la vida lo sigue eludiendo, aunque tiene un par de ideas que pintan bien, entre ellas el ajedrez, que es la razón por la que aguanta cada día arreglando cámaras. Ya casi.

El problema de no tener problemas es que no hay razón para ponerse creativo.

Jairo mira el reloj. 12:55 a. m. Va siendo hora de almorzar. Se levanta, se pone la chaqueta y sale de la tienda. A lo mejor puede comprar una empanada en el puestico que se para del otro lado de la calle.

Cuando sale ve a varias personas haciendo fila. El cocinero está ocupado cobrando, repartiendo comida e intentando no tocarla con la misma mano con la que toca el dinero. En el ajetreo el cocinero no se da cuenta de que un hombre se acerca por detrás del puesto, sigiloso. Jairo sabe lo que va a suceder y también sabe que ya es demasiado tarde para avisar. Va a ver otro robo y otra vez no habrá nada que hacer.

Peón de D2 a D4.

Un grito.

En el intento por agarrar el dinero, el ladrón mueve el carrito y se echa la olla de aceite hirviendo encima, con todo y las empanadas que estaban por terminar de hacerse.

El ladrón cae al piso cocinándose medio cuerpo.

Todo parece hacerse lento. La gente se detiene y el ruido de la carne fritándose silencia a quienes están cerca. Y eso que no ha llegado el olor.

El grito.

El grito y el olor.

El grito, el frito y el olor.

El grito, el frito, el olor y la gente mirando alrededor.

Todo un circo, con todo y el pan. O, bueno, con empanada.

La calle bogotana le recuerda a las películas de gladiadores.

Seguramente el hombre supuso que robarle a un vendedor parqueado en la calle era más fácil, que no podría correr detrás de él, ¿quién se quedaba con el carrito?, no es como si pudiera jugársela para atraparlo y dejar el puesto solo. El aceite hirviendo es justicia divina, dirían algunos; el karma del ladrón que vino a darle su merecido; Diosito salvando el trabajo del vendedor, pero Jairo sabe que a lo mejor el hombre solo tiene hambre y que lo que le jugó en contra fue la Mala Suerte, ¿o no hay gente mala que se salga con la suya?

El grito continúa y el olor se derrama por la calle. Llega un policía, que sin mucho interés se para junto al ladrón y llama a alguien por la radio que le cuelga del hombro derecho. A lo mejor está esperando una ambulancia, a lo peor está esperando a sus amigos para el juego clásico de «golpea al ladrón y oye cómo la gente te aplaude». Tiene la atención dispersa.

Jairo perdió el apetito.

El puesto usual de empanadas está eliminado de su lista de opciones, claro, pero le quedan ganas de algo, como para pasar el olor a carne humana, como para mitigar la imagen de un hombre cocinándose vivo. A lo mejor si es solo un café el San Moritz funciona.

Peón de D7 a D5.

Unos metros abajo de la Carrera Séptima aparece el Café San Moritz con su letrero rojo con luces de neón mal puestas sobre las mismas letras pintadas en la pared. El sitio es viejo, con vigas de madera a medio comer por las termitas y paredes blancas manchadas por el paso del tiempo. Se ve un esplendor agrietado que es solo una parte de lo que con seguridad fue hace años. Jairo entra y ve a Argemiro sentado en una mesa leyendo el periódico. Es un hombre viejo que llama poco la atención. Tiene sus arrugas y el pelo canoso, trae ropa de colores apagados, un pantalón caqui y un saquito verde oliva. Ropa anacrónica, como si no la hubiera cambiado en los treinta años que lo conoce. A Jairo algunas veces le cuesta imaginarse a Argemiro a color, como si su lugar estuviera dentro de una película en blanco y negro. Jairo corre una silla y se sienta.

—¿Y entonces? —saluda Jairo.

—Todo bien.

—¿Lo interrumpo?

Argemiro se ríe y baja el periódico.

—Mejor pídase dos tintos, que me toca salir a montar en un ratito.

Jairo levanta la mano y un mesero se acerca.

—Dos tintos.

El mesero asiente y se aleja.

—Estaba leyendo que en una iglesia por acá cerca se están apareciendo cosas y la gente dice que es porque la construyeron sobre un cementerio indígena. Que ya casi nadie está yendo a misa —dice Argemiro, doblando el periódico y poniéndolo sobre la mesa.

—Todo Bogotá está construido sobre un cementerio indígena.

—Bueno, pues sí, más o menos.

—No, no. Más o menos no. Literalmente. Los indígenas que se murieron antes de la conquista y los que terminaron luego de matar los españoles. Por todas partes.

—En ese caso no es solo Bogotá. Más bien todo América.

—Por eso pasan vainas raras.

Argemiro se ríe y recibe los cafés del mesero.

Caballo de B1 a C3.

—Y, bueno, más allá de las historias tristes, ¿nos vemos esta noche?

—Claro. Hoy ha sido un día flojo en la tienda. Cierro y le llego.

—Vale.

—¿Vio lo del tipo de las empanadas?

—No conozco el chiste.

—Le va a tocar ahorita de camino, pero no creo que le dé risa. Un tipo se trata de robar la plata del vendedor de empanadas frente a la tienda y se lleva la olla de aceite hirviendo encima.

—Upa.

—Feo. La gente mirando, un policía de diecinueve añitos tratando de controlar a todo el mundo y el olor apestando toda la calle.

—¿Y usted vio cómo pasaba?

—Todo el show de cocina.

—¿Y en frente de la tienda?

—A diez metros, nada más. Ahí en frente.

—Uf, ojalá no me toque el olor en los tableros esta noche.

—No creo. Igual falta rato para comenzar, ¿no?

—Pues me toca empezar a montar ya casito, pero le aviso si me muevo.

—Por favor.

—Pero sí, como le digo, me toca empezar a montar, entonces yo creo que voy yendo.

—Hágale, allá le llego más tarde.

Argemiro se termina el tinto de un gran sorbo.

—Se cuida.

—Ya nos vemos.

Jairo le da un sorbo al café y se quema. Se sorprende de que Argemiro se lo terminara de un solo tragón.

Sus conversaciones siempre eran breves. Argemiro siempre se tenía que ir, por lo general a montar sus tableros de ajedrez. Siempre estaba de afán, siempre eran un hola y adiós intervenidos por un par de comentarios sobre las noticias del día. Con todo y esto, Argemiro era una de las pocas personas a las que Jairo podía llamar amigo. Se conocían desde la primera vez que Jairo había jugado ajedrez sobre la Carrera Séptima, hacía ya treinta años, en esos tableros que se ponían a la orilla de la calle. Argemiro era el dueño y árbitro de los juegos.

Peón de D5 a E4.

Se jugaba «rey de cancha»: se paga la entrada y la persona dura jugando hasta que alguien la saque. Jairo se había enamorado del juego desde entonces, en especial de los tableros, con casillas blancas y verdes, tan parecidos pero esencialmente distintos a los tableros normales. Pero no se había enamorado del ajedrez como tal, que llevaba jugando desde pequeño, sino de este ajedrez citadino, en el que cualquier persona podía entrar a jugar, en el que daba igual si era un juez de la Corte Suprema de Justicia o si era un mesero trabajando en una cafetería a dos cuadras. En los juegos de la Carrera Séptima se nivelaban las clases sociales y esto a Jairo le parecía fenomenal.

Caballo de C3 a E4.

Todos juegan contra todos solo bajo las reglas del ajedrez, que, de una forma u otra, anulan las reglas de la ciudad. Es un terreno de juego diferente. El pobre le gana al rico y el abogado es humillado por el obrero. Ni que mi papá es Fulanito, ni que yo conozco a tal, ni que cargo tanto dinero en la billetera, ni nada de nada. Triunfaba la habilidad pura y dura. Eso era lo que hacía una diferencia. No importaba si se sentaba el mismísimo presidente de Colombia a jugar contra él, allí todo se reducía a quién jugaba mejor. Jairo estaba enamorado de esa realidad paralela.

Jairo deja el café a medias y se levanta de la mesa.

—Hasta luego, don Jairo —dice una voz desde la barra.

Jairo levanta la mano para despedirse, deja algo de dinero sobre la mesa y sale del Café San Moritz de vuelta a su tienda.

Y la radio:

«Aquí, Bogotá, la bella capital de Colombia. Desde el moderno edificio de cristal en la calle 45, epicentro de la radio, transmite Melodía Stereo en 730 kilociclos. Son las dos veinticinco p. m.».

Los olores ahora son menos fuertes. Ya pasó la hora del almuerzo. Ya en frente de su tienda no queda sino la mancha de aceite en la calle como única prueba de la escena del crimen. Ya nadie le pone atención. El vendedor de empanadas sigue vendiendo, unos metros al lado de la mancha.

Dos policías requisan a un peatón en una esquina cercana. Todo se siente igual.

Jairo entra en su tienda, va al cuarto de atrás y se sienta a trabajar en la cámara que le dejó la mujer esa mañana. Una Nikon F original de los sesenta. La F era por «reFlex»; los de la compañía le habían puesto la F porque en los países asiáticos la R muchas veces no estaba en el alfabeto. Fue conocida también por soportar balazos y salvarle la vida a algún fotoperiodista en la guerra de Vietnam. Detalles que había ido aprendiendo en sus años como mecánico de cámaras. Lo había visto todo. Había dejado de revelar los rollos hacía tiempo. Le incomodaba meterse en la vida privada de las personas.

La mosca vuela
cerca la
que de
ilumina lámpara
el
cuarto.

Caballo de G8 a F6.

Intenta disparar la cámara y no funciona. Nada. No puede rebobinar el rollo, todo está atascado. Si abre la cámara las fotos se van a perder, pero no hay nada que hacer, necesita luz para poder arreglarla. Busca en su caja de herramientas y saca una lámina de aluminio delgadita, flexible, tan gruesa como un papel, como uno de los que dan en las tiendas de perfumes para probar cada aroma, pero recortado a la mitad. Busca la hendidura y mete la lámina por la grieta entre las partes de metal. Ya está adentro, está buscando el seguro. Le toma unos segundos encontrarlo, pero cuando lo hace y empuja un poco la lámina de metal siente como algo le hace resistencia. Empuja un poco más y nota el seguro desprenderse. La tapa se abre. El olor a azufre se vuelve más intenso e inunda el cuarto. Saca lo que queda del rollo y lo tira a la basura. Revisa el interior de la cámara y ve que todo está lleno de un polvo negro que parece ceniza. La sacude y la sacude y no para de salir.

La mosca se para
sobre la cámara,
pero Jairo la
ahuyenta con
un movimiento
de la mano.
La ceniza sigue el
camino de la
mosca al volar.

Saca una botellita de alcohol y con un poco de algodón empieza a limpiar los órganos internos de la cámara. Pareciera que la rescataron del interior de un volcán; la ceniza tenía todo atascado. Al cabo de cuarenta y cinco minutos la cámara se ve como nueva, aunque el olor permanece. Al cerrarla todo parece funcionar como debe. Pone el ojo en el visor, pero el olor es muy intenso y la deja sobre la mesa. Se echa un poco de alcohol en las manos para quitarse la ceniza y el olor, pero quedan restos de ceniza pegados a sus palmas. Se las restriega una contra otra, como para despegar los residuos húmedos y volverlos bolitas, para luego quitarlos uno a uno. No hay rollo, pero la cámara parece funcionar.

Reina de D1 a D3.

El reloj marca las 5:25 p. m. Ha tenido dos clientes en todo el día y no ha comido nada. Le ruge el estómago. Hora de cerrar.

Jairo recoge sus cosas: llaves, billetera, celular, se pone la chaqueta, apaga la luz de la tienda, sale, le echa seguro a la puerta y luego baja la cortina de aluminio que cubre la vitrina, desde la que lo miran algunas de las cámaras a la venta. Se agacha y le echa llave al candado que asegura la cortina agarrándola de un aro de hierro que nace del andén. Cuando se endereza le suenan las rodillas.

120

La mosca se para en la ventana de la tienda mientras Jairo cierra.

Peón de E7 a E5.

Ya se está armando el Septimazo. Jairo recuerda caminar de pequeño por entre los pasillos del festival improvisado que se arma en el centro de la ciudad sobre la Carrera Séptima. Si ya en el centro se juntan personas de todas partes en el mismo lugar, mucho más durante el Septimazo, que multiplica la cantidad y variedad de gente, que ahora no solo viene a trabajar, sino a divertirse. Es un revuelto de todo lo que hay, es un espacio de verdadera comunión urbana.

Otro día para jugar ajedrez.

Ya la luz del sol empieza a bajar y a colorear las montañas de anaranjado.

Peón de D4 a E5.

En el camino, Jairo se come una arepa con mantequilla y se espanta de ver cómo otros le echan miel. «Un atentado terrorista a las buenas costumbres», habría dicho su abuela paisa.

Reina de D1 a A5.

Cuando llega ya hay varias personas jugando. Ve algunas caras conocidas: el obrero que está arreglando la calle unas cuadras abajo, la señora que atiende un cajero en un banco cercano, el joven universitario que trae su maleta en la espalda —una pésima idea, teniendo en cuenta que cualquiera con manos delicadas puede abrir una cremallera sin hacer alboroto—. Como siempre, hay un montón de gente alrededor viendo los partidos. Para muchos es un tema de novedad, pues el ajedrez callejero no es tan común, pero para otros es ver los mejores juegos de la ciudad. Ve a

Argemiro, que está observando atentamente un partido entre dos adoles-
centes. Se acerca y le toca el hombro.

—Llegó temprano, don Jairo.

—Le dije que iba a cerrar temprano.

—Pues siga usted, que quedan puestos libres.

Jairo saca su billetera y paga su entrada al juego. Le da un billete de cinco
mil pesos y la entrada vale dos mil.

—Me da las vueltas cuando me vaya a ir.

Ve un puesto vacío en uno de los extremos de la fila de tableros y se sienta
a esperar a un oponente.

                    Alfil de C1 a D2.

El primero en llegar es un hombre de unos treinta años. Encorvado y con
un maletín de cuero al hombro.

—Buenas —le dice el hombre al sentarse.

—¿Cómo me le va?

—Todo bien, gracias. ¿Empezamos?

A Jairo le gusta la gente que va directo al grano, pero no disfruta de los
malos jugadores. Después de unos minutos el hombre ve que Jairo lo tiene
contra las cuerdas.

—Yo me retiro, que ya no hay cómo hacerle. Mil gracias.

—A usted.

El siguiente en caer es uno de los vendedores del Septimazo, un hombre que suele ofrecer pequeñas artesanías cerca de los tableros. Lo que vendía no era de muy buena calidad, pero los extranjeros siempre le compraban.

Lo que es no tener punto de comparación.

Reina de A5 a E5.

El juego empieza y se extiende. El hombre es mejor jugando de lo que es haciendo artesanías. La gente se amontona alrededor. Jairo sabe que le va a ganar.

Rey de E1 a C1 y Torre de A1 a D1.
El rey está enrocado.

—Upa.

El de las artesanías se rasca la cara.

Jairo sonríe y el hombre lo ve.

—Sí me imaginé que había algo que no había visto. Yo creo que hasta acá voy. Todo bien.

Se dan la mano, el hombre se levanta y vuelve a su puesto de artesanías. La multitud se disipa y queda un niño de unos once o doce años mirando fijamente el tablero. Jairo lo mira extrañado. Pasan unos minutos y el niño sigue ahí.

—¿Sabes jugar? —le pregunta Jairo.

El niño sigue mirando el tablero y parece que no lo oye.

—Oye, amiguito, ¿sabes jugar?

El niño voltea y lo mira fijamente a los ojos. Tiene la mirada de adulto. Jairo se siente tentado a evitar el contacto visual, pero parece solo un niño.

—Sí.

—¿Quieres jugar?

—No tengo plata.

Pelo negro, ojos negros, piel morena, camiseta blanca y bluejeans. Está muy poco abrigado para estar caminando a esta hora por las calles de Bogotá. Parece estar solo.

Jairo suspira.

—¿Sí ves a ese hombre de saco verde? Ve y le dices que yo pago tu entrada.

El niño corre a donde Argemiro, que voltea a ver a Jairo, sin entender muy bien qué está pasando.

Jairo levanta la mano en señal de que todo está bien, de que deje jugar al niño.

El niño vuelve corriendo a donde Jairo.

—Ya.

—Listo. Siéntate.

El niño se sienta en frente de Jairo. Sus pies no alcanzan a tocar la calle.

—Bueno, empecemos.

—¿Cómo se siente arrugarse?

A Jairo lo toma por sorpresa la pregunta.

—¿Disculpa?

—Que cómo se siente arrugarse. Cuando uno se vuelve más grande y la cara se le arruga.

Jairo nunca lo había pensado.

—Hagamos una cosa: si me ganas te cuento.

—Ok.

El niño está del lado de las piezas blancas y tiene el primer movimiento. Jairo siempre se sentaba del lado de las negras. Si iba a jugar no quería que jamás nadie le reclamara la victoria «porque él había empezado primero». Así había sido desde el principio.

El juego empieza.

Caballo de F6 a E4.

—¿Cómo te llamas? —pregunta Jairo después de algunas jugadas.

—Germán —responde el niño sin dejar de mirar el tablero.

—¿Y en qué año vas en el colegio?

Jairo no suele hacerle conversación a sus oponentes, pero este es un caso especial. Este es su oponente más joven por mucho. Alguna vez jugó contra un chico de unos dieciocho años, pero no era usual encontrar jugadores jóvenes, mucho menos en los tableros de la Séptima. El chico había perdido rápidamente y luego se había excusado diciendo que no había desayunado bien.

—No voy al colegio.

—¿Entonces?

—Le pido plata a la gente que va caminando por la calle.

—¿Y cuántos años tienes?

—Diez y medio.

En ese momento a Jairo lo toma por sorpresa la jugada de Germán. Demasiado buena, demasiado rápida. No es normal, mucho menos para un niño de diez y medio. A lo mejor es suerte de principiante. Jairo se acomoda en su silla y el juego continúa.

```
                              Reina de D3 a E8.
```

—¿Y tu papá?

—También le pide plata a la gente por la calle.

—¿Y dónde está?

—Trabajando.

A medida que pasan los turnos, a Jairo le queda claro que no está jugando contra cualquiera. Le parece imposible, pero un niño de diez lo tiene a la defensiva.

A Jairo le sudan las manos.

```
                              Rey de E8 a D8.
```

Jairo mira con disimulo a su alrededor para ver si hay alguien mirando, pero a nadie le interesa un juego con un niño pequeño.

Otra vez. Demasiado buena, demasiado rápida.

Ahora sabe que se están perdiendo el mejor juego que ha visto la Carrera Séptima. No está seguro de si prefiere o no tener testigos de que un niño prodigio del ajedrez pide plata en las calles de Bogotá. Siente cómo la emoción se acumula en sus puños apretados. No lo puede evitar. No está acostumbrado a perder. Lleva esperando esto demasiados años como para tomarlo con tranquilidad. Está perdiendo contra un niño de diez años y ni siquiera está tan avanzado el juego. Jairo está en presencia de la grandeza y, por fin, de un oponente digno.

—Bueno, Germán, ¿y dónde aprendiste a jugar? —pregunta, intentando distraerse del hecho de que podría estar jugando la partida más importante de su vida.

—No sé.

Germán mira fijamente el tablero y Jairo lo mira fijamente a él.

—¿Cómo así que no sabes?

—No sé.

—Pero alguien te tuvo que enseñar.

—No me acuerdo.

Alfil de D2 a G5.

Jaque.

Jairo siente cómo le empieza a picar la parte baja de la espalda.

—¿Pero desde hace cuánto juegas?

—No sé.

—¿Desde pequeño?

—Desde siempre, creo.

La cabeza le da vueltas. Jairo no entiende nada de lo que está pasando, pero sabe que lo que está viviendo se despega cada vez más de la normalidad de quienes caminan a su alrededor. Traga saliva y se atiene a las condiciones de estar parado en los límites de lo que parece real.

Jairo sabe que va a perder. Por fin será liberado del lastre de saber que siempre va a ganar.

No tener problemas implica no tener que ponerse creativo, eso Jairo lo sabe desde hace años, tanto en la vida como en el juego. Lleva décadas sin perder y eso le quita gracia al juego, y si el juego es su vida, su vida no tiene gracia. El talento es una ventaja, pero también es una cruz. Y qué cruz.

Y la radio:

«Aquí, Bogotá, la bella capital de Colombia. Desde el moderno edificio de cristal en la calle 45, epicentro de la radio, transmite Melodía Stereo en 730 kilociclos. Son las siete cero seis p. m.».

Apenas se oye entre el tumulto, llegando desde algún aparato prendido entre la multitud.

El Septimazo ya está en todo su esplendor.

—Ya me tengo que ir. Gracias por todo —dice Germán.

—¿Qué?

Germán se para y se sacude los pantalones con las manos.

—Espera, espera, que todavía no terminamos.

—Ya es tarde y me tengo que ir. Gracias por todo.

—¡Espera! ¡Por favor!

Germán empieza a caminar y rápidamente se pierde entre la gente.

Jairo no sabe qué hacer. Se levanta y va detrás de él, intentando buscarlo entre la multitud, pero no le toma mucho tiempo darse cuenta de que no lo va a encontrar. Cuando vuelve al tablero ve que Argemiro está sentado en donde Germán estuvo jugando. Jairo se sienta frente a él y suspira.

—En Bogotá pasan cosas extrañas —dice Argemiro con una sonrisa mientras mira el tablero.

—Bueno, uno nunca dice eso pensando que le van a pasar a uno.

—Y pasan.

Jairo intenta contener las lágrimas.

Por fin había encontrado un oponente digno después de treinta años invicto y lo había perdido entre la gente. No solo no había terminado el juego que llevaba esperando toda su vida, sino que no había podido terminar el juego en contra de quien seguramente era el mejor jugador que se había sentado en los tableros sobre la Séptima.

Argemiro sigue viendo el tablero fijamente.

—Lo dejaron contra las cuerdas, ¿no? —dice Argemiro.

Jairo suspira.

—Relájese. Ni que Monserrate estuviera haciendo erupción.

—Pues sí —responde Jairo mirando el asfalto.

A unos metros, en uno de los puestos de discos piratas, suena «Pedro Navaja» y algunas personas se ponen a bailar cerca de los tableros.

—Oiga —dice Jairo—, ¿usted qué sintió cuando le salieron arrugas?

Argemiro levanta la mirada, extrañado por la pregunta.

Se oye la música y a la muchedumbre caminando.

—Nunca sentí el proceso, solo me levanté un día y me di cuenta de que las tenía. Como las canas, supongo: aparecen.

—Sí, supongo que sí es así.

—¿Y esa pregunta?

—Me preguntó el niño antes de empezar a jugar.

—¿Y usted qué le dijo?

—Que le contaba si me ganaba.

Argemiro se ríe y la Mala Suerte también.

La   mosca   llevaba
    toda la   noche
    atrapada entre
        cámaras y cristales,
        y   esperaba la
      mañana para   poder,
        por fin,   ir a espiar otra historia.

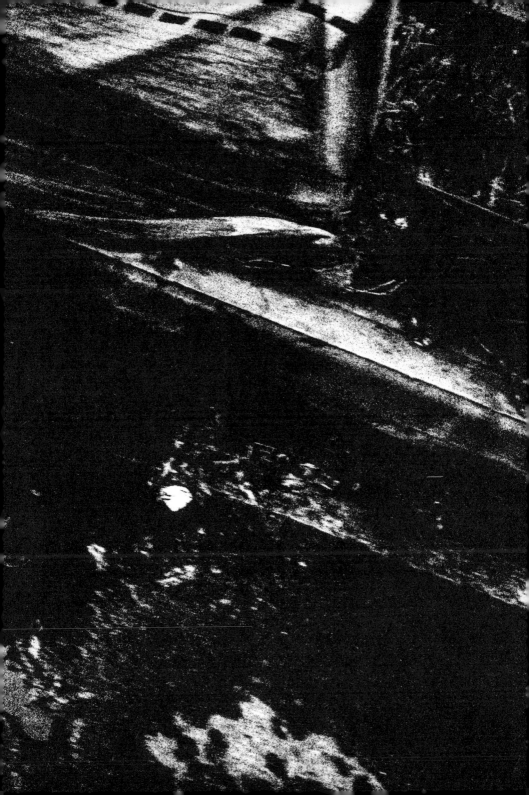

REPITO Y REPITA PT.2

—¡Estúpida! —le dice Andrés a su hermana mientras estrella su cabeza contra el piso, junto al sofá.

—¡Quítate, imbécil! —responde Laura, y como desde abajo tiene fácil acceso a la entrepierna de su hermano, lanza un puñetazo que le da justo en donde le va a doler.

Andrés grita de dolor.

—¡No se vale pegar en las partes privadas!

Andrés se cae para atrás y se encoge en el piso en posición fetal. Laura se levanta y patea a su hermano en las costillas, pero él alcanza a agarrarla de una pierna y la tira al piso. Laura siente cómo Andrés le clava los dientes en la pantorrilla y aprieta con fuerza, como si estuviera mordiendo un pedazo de pizza fría y dura.

—¡Te voy a matar! —le dice Laura a su hermano, y aprovecha su pierna libre para patearlo en la cabeza.

Andrés se toca la cabeza para ver si tiene sangre, pero la mano vuelve limpia.

—¡Yo sí te voy a sacar sangre! —dice mientras se lanza contra su hermana.

—¡¿Pero qué carajos está pasando acá?!

Cuando Andrés y Laura suben la vista, ven a su mamá mirándolos pelear desde arriba. Los dos se separan y empiezan a dar explicaciones.

—¡Andrés me dijo puta!

—¡Claro que no!

—¡Claro que sí! Estábamos jugando Repito y Repita y él me dijo reputa.

—¡Eso fue porque me confundí!

—¡Claro que no te confundiste!

—¡Sí me confundí! Y luego ella me empezó a dar patadas —dice Andrés mirando a su mamá.

—¡No más! ¡Ya no más! ¡Estoy desesperada de que siempre estén peleando! —grita la mamá—. Ya me mamé de esto. Vengan para acá.

La mamá los arrastra de la muñeca a ambos hasta el baño, cierra la puerta, pone el seguro, se sienta en el inodoro y mira a sus hijos muy seria.

—Ustedes lo que quieren es pelear, ¿no?

Andrés y Laura la miran sin saber qué responder.

—Yo los oí. Ustedes lo que quieren es reventarse la cara y sacarse sangre.

Andrés y Laura miran hacia el piso.

—¿O me están diciendo sorda?

Andrés y Laura la miran asustados.

—No, no —dicen a la vez.

—Ah, ok —dice la madre mientras asiente—. Entonces, a ver, los veo. Péguense.

Andrés y Laura la miran desconcertados.

—No, mami, ya no vamos a pelear.

—Claro que sí van a pelear.

—No, ma, de verdad ya no vamos a pelear nunca más —dice Andrés con la voz quebrada.

—¡Les acabo de decir que se rompan la cara! —grita su madre.

Andrés se pone a llorar.

—Por favor, no, mamita, de verdad no vamos a volver a pelear —suplica Laura, ya con lágrimas en los ojos—. Te lo prometo.

—Tú dijiste que querías matar a tu hermano, ¿no? —le responde su madre sonriendo—. Pues tienes permiso. Mátalo. Tienes permiso para matar a tu hermano.

—¡No, mami, no, por favor! —grita Andrés, de rodillas frente a su mamá y jalándola del pantalón.

Su mamá se quita bruscamente uno de los tacones que trae puestos y estira la mano para dárselo a su hija.

—¡Laura! ¡Te estoy diciendo que mates a tu hermano! —le insiste mientras le pone el tacón frente a la cara—. ¡Cumple con tu palabra, como se te ha enseñado en esta casa!

—Mami, por favor, no —dice Laura entre lágrimas y moco.

—¡¡Que lo mates!!

De repente suenan golpes en la puerta del baño.

—¿An? ¿Lali? ¿Por qué están encerrados? ¡Abran la puerta! ¡Los estoy oyendo!

Es la voz de su mamá.

Laura y Andrés están solos en el baño.

La otra madre se ríe y la Mala Suerte también.

AXILA MATUTINA

Leonel corre por la Carrera Séptima como si lo persiguiera su mamá con la escoba, o el mismísimo diablo, que es casi lo mismo. El bus a la universidad pasa cada treinta minutos, se demora una hora en llegar, casi siempre va lleno. Leonel se levantó veinte minutos tarde y tiene diez minutos para llegar al paradero. Si no se apura no la logra. Empieza a sentir cómo se le mojan la camiseta y el pantalón mientras corre esquivando peatones distraídos. No se acuerda de si alcanzó a echarse desodorante, pero sospecha que será otro más de los que sumen al ácido aroma del bus en el que se monte. Otro día con axila matutina para desayunar.

Le quedan unas ocho cuadras para llegar al paradero.

—¡Uy, maestro, pilas con el tintico, que lo acabo de comprar! —oye al chocar con un hombre vestido con camisa blanca.

Leonel sigue corriendo. Su camiseta tiene una pequeña mancha de tinto, pero no hay café chorreado que lo pueda detener.

—¡Se le tiene en cuenta para el Día del Gamín, bacán! —escucha a lo lejos.

Ir corriendo lo hace casi invulnerable a la culpa. Ni siquiera esos "kilos de más" que tanto le critica su mamá le hacen bajar la velocidad.

«¡Jueputa! Si no entrego el ensayo pierdo Historia de Colombia. Y a este profesor no se le puede llorar por nota», piensa Leonel mientras sigue esquivando gente por la calle como pasando un nivel de un videojuego.

Y que Dios lo salve de su mamá preguntándole que por qué no llegó, que es parecido a su mamá preguntándole que por qué todavía no tiene novia, o que por qué le gustan los gatos —un animal antipático y horroroso— y no los perritos —unos amiguitos hermosos, tiernos y que no malgastan su dinero repitiendo materias en la universidad—. Y no es que no le gusten los perros, sino que cada vez que ve uno se le hinchan los ojos y se convierte en una fuente de moco infinita. Su camiseta está empapada y el frío mañanero de Bogotá lo tiene como candidato para una de esas gripas espectaculares que te regala la ciudad.

Ya solo quedan cinco cuadras para llegar al paradero del bus.

Hay una zancada en particular que rompe una barrera y Leonel siente un dolor punzante en el pecho. Sus pulmones se encienden como si hubiera inhalado picante, como si el tiempo se resbalara, cayera hacia atrás y estuviera de vuelta en el colegio, en una clase de Educación Física.

«Bueno, muchachos, hoy tenemos tres vueltas al colegio —oye decir en su cabeza a Cacao, su antiguo entrenador—. Los quiero muy activos, muy veloces, muy ligeros. Ya saben que tienen que tener cuidado cuando pasen por detrás de la enfermería, que están poniendo flores nuevas. Tienen treinta segundos para calentar antes de empezar».

La mayoría de los niños se quejan, aunque hay un par —como siempre— que celebran y se emocionan. Este último grupo es enemigo íntimo de Leonel, para quien quedar último es «felicitaciones por terminar». Trata de estirarse la pantaloneta, que le queda pequeña, antes de empezar a correr. Treinta segundos no son suficientes. Su mamá insistía en que aún le quedaba bien, que igual para quién se quería arreglar, que cuando se rompiera compraban una nueva. No se daba cuenta de que para Leonel eso solo significaba que iba a llegar un momento certero en el que sus compañeros lo iban a ver con los pantalones rotos. Súmese a eso que iba a ser en la clase de Educación Física, sudado y con frío. Le iban a poner apodos y se iban a burlar.

«Gordo culo frío».

«Alcancía».

Un choque súbito lo tira al suelo.

—¡Ay, joven, cuidado y mira por dónde viene corriendo! ¡Ni que lo vinieran persiguiendo!

—¡Perdón, perdón! —responde Leonel sin saber muy bien contra qué chocó ni a quién le está hablando.

Todavía un poco aturdido, ve que se levanta del suelo una mujer de unos cincuenta años con una chaqueta de cuero falso verde menta. Leonel se levanta rápido y trata de ayudarla.

—Yo puedo sola —dice ella quitando la mano de Leonel de su brazo—. Más bien ayúdeme a recoger los panfletos, que si se me dañan ahí sí se me fregó el día —dice mientras se agacha a recoger unos papeles de colores.

—Uy, mi señora, es que voy para…

—Ah, no, esa sí no me la va a hacer, joven —responde la mujer mirándolo a los ojos—. Si con ese tamaño se va a poner a correr por ahí como un loco me hace el favor y por lo menos responde por los daños.

—¡No sea patán! —dice un peatón que va pasando cerca—. ¿No ve que le tiró todos los papeles a la señorita? No sea cafre, hombre.

Leonel ve que hay varias personas mirando, por lo que con esfuerzo se agacha y empieza a recoger los papeles. Esos "kilos de más" ahora sí se sienten. Algunos papeles cayeron en un charco, por lo que no hay mucho que pueda hacer. Se pregunta si debería recogerlos igual, pero no lo hace. Ve que los papeles hablan sobre la «palabra de Jesuscristo».

«¿Jesuscristo? ¿JesuScristo? Es Jesucristo, ¿no? Sin la "s"», piensa Leonel, mientras relee el papel.

«¿Ya conoces la palabra de Jesuscristo?».

—Si te interesa solo te robo diez minuticos —dice la mujer, ahora coqueta y con el semblante cambiado, al darse cuenta de que Leonel está leyendo el panfleto.

«Desconfía de cualquier cosa que ofrezca cambiarte la vida», le dijo su abuelo alguna vez, aunque en este caso a Leonel le suena más que el dicho debería ser «Desconfía de la mala ortografía».

—No, no, gracias. Voy de afán —dice Leonel, estirando la mano para entregarle el resto de papeles.

—Ay, no nos demoramos nada. Entra, que yo sé que te va a gustar. Prometidísimo. Me lo quedaste debiendo.

—No, no, de verdad. Mil gracias, pero no —responde Leonel mientras trata de que la mujer reciba los papeles que trae en la mano.

—Insisto.

Sin entender muy bien cómo, Leonel se da cuenta de que la mujer lo agarra por la muñeca y lo está jalando. Siente una descarga de adrenalina, se le eriza la piel y recuerda que su papá lo agarró de una manera muy similar la primera vez que tenía un diente flojo: primero muy amigable, luego un poco menos.

—Ay, Germán, deje de molestar al niño. Déjelo quieto que eso se cae solito —dijo su mamá en vano.

Leonel tiene un diente menos cuando lo sueltan.

—¡Que no! —grita Leonel, liberándose con un movimiento rápido del brazo.

Una vez suelto, Leonel tira los papeles sobre la mujer y sale corriendo. Los peatones alrededor se paran en su caminar y lo miran alejarse. Cuando Leonel voltea a ver si la mujer sigue ahí se da cuenta de que hay otro par de víctimas agachadas recogiendo los papeles y de que la mujer está mirándolo alejarse.

—¡Jesuscristo te traerá de vuelta! —se oye en la distancia.

Había supuesto que con ese pequeño descanso el dolor habría disminuido un poco, pero se encontró una vez más dándole vueltas al colegio.

Quedan dos cuadras para llegar al paradero del bus.

Leonel corre ahora con un poco más de terror que de afán. Bogotá le hace eso a la gente. Un terror muy similar al que sintió el día que encontró unas esposas en un cajón en el cuarto de su mamá. Ella había jurado que eran para un disfraz de Halloween que había usado unos años atrás, pero Leonel sabía que ella detestaba el Halloween. Aún tenía grabada la cantaleta: que disfrazarse es de niños nerd y gente rara; que comer tantos dulces es de niños gordos y con caries y ninguna niña va a querer estar con un hombre gordo y sin dientes (como ella); usted me quiere dejar sin nietos; es que la figura y la salud dental se cultivan desde pequeño; es que mire el tipo de gente que sale en estas fechas; yo no quiero ser la mamá de un desadaptado; en el noticiero dijeron que hoy es que sale la gente que le reza al diablo y esas cosas; me contaron que se están robando bebés en el barrio y yo no quiero ni pensar en qué hacen con ellos; fijo usted sale y se le pega lo loco, y con lo raro que usted es no me sorprendería acabar yo como esos bebés; fijo usted ya está metido con esa gente rara y por eso quiere salir hoy; usted lo que quiere es matarme y yo no me voy a dejar.

Uf.

Siempre que pensaba en esto sentía que ya iba tarde para salirse de la casa.

Le falta una cuadra para llegar al paradero del bus.

Leonel corre y mira su reloj para ver cuánto tiempo le queda. Las manecillas no se mueven. Justo lo que necesitaba. Llega al paradero del bus y ve una fila de unas quince personas. Nada. Se forma detrás de un hombre vestido de traje y sombrero. Junto al hombre, varios centímetros por debajo de su hombro, hay un niño de unos once o doce años. Pelo negro, ojos negros, piel morena, camiseta blanca y bluejeans. Está muy poco abrigado para estar caminando tan temprano por las calles de Bogotá.

—Oiga, ¿no cree que me parezco a alguien muy cercano a usted?

Leonel baja la mirada y se encuentra con los ojos del niño. Siente que quien lo mira de vuelta es alguien mucho más viejo.

—¿Te conozco? —pregunta Leonel, sin saber muy bien si es a él a quien habla el niño.

—Dígame usted.

Leonel no sabe qué hacer. Le incomodan los niños de la calle. Se siente mal por no ponerles atención, porque son niños y evidentemente él la tiene más fácil que ellos, pero le disgusta que ese factor pareciera ser aquello en lo que capitalizan para conseguir que les den dinero. Se siente chantajeado.

—No lo sé. No creo —responde Leonel sin mirarlo a los ojos.

—Soy su papá.

Las miradas se cruzan y faltan las palabras. El niño lo mira fijamente. No se parece a su papá, aunque ¿por qué la reencarnación debería obligar a que fueran parecidos? De pronto era otra forma de sacarle dinero. De pronto ya no es con príncipes nigerianos, sino con familiares reencarnados y de pronto la falta de internet hace de la calle un mejor espacio. A lo mejor ser huérfano de padre era lo suficientemente común como para que uno de cada tantos cayera en la trampa. No sabía si estaba siendo víctima de un malvado juego estadístico o si la Mala Suerte le estaba jugando una broma pesada.

—Lo dudo —murmura Leonel, aunque no lo suficientemente bajo como para que el niño no lo oiga.

—Dudar de estas cosas es de lo que uno se arrepiente cuando viejo.

—Mira, no tengo tiempo para esto. Voy tarde.

—Igual la fila ni se mueve —responde el niño encogiéndose de hombros.

El problema de estas cosas es que, de ser ciertas, el precio que tiene ignorarlas es incómodamente alto.

—Igual. Así fueras mi papá no tengo nada que decirte.

—Si su mamá supiera cómo me está hablando, de seguro que no estaría contenta.

En eso tenía razón.

—Mira, si lo que quieres es que te dé plata, no tengo sino para el bus, entonces ni modo.

—No es un tema de plata, aunque cualquiera que vea a su papá en esta situación por lo menos lo invitaría a desayunar.

El humor sí era similar al de su papá: negro como las calles de Bogotá después del atardecer.

Leonel no sabe qué hacer. ¿Uno qué hace en estos casos? Se supone que estas cosas no pasan. Uno se ríe cuando la gente cuenta estas historias. ¿Uno qué hace cuando un niño extraño le dice que es su papá? Eso no lo enseñan en la clase de Historia de Colombia, que a este ritmo ya perdió.

—Ok, a ver, ya en serio —dice Leonel, molesto por la posibilidad de que lo estén intentando chantajear con su papá muerto.

—Yo no estoy haciendo ningún chiste.

—¿Cómo se llamaba mi papá?

—Germán, y está usando el tiempo verbal equivocado.

A Leonel se le erizan los pelos de la nuca. Pero bueno, a lo mejor había posteado demasiado en redes sociales y no era tan difícil saberse el nombre de su papá.

—¿Cuál era su pasatiempo favorito?

—Me gusta jugar ajedrez.

Leonel está sudando otra vez.

—¿Cómo te moriste? —dice con la voz temblorosa.

El cambio a segunda persona hace que a Leonel se le haga un nudo en la garganta.

—Iba caminando una noche hacia la casa y me atropelló un borracho. Culpa de la Mala Suerte, la verdad.

Leonel siente que el sudor empieza a acumularse de nuevo en sus axilas.

—¿Y bueno?

Un bus llega al paradero y la fila comienza a moverse.

—Ehm… No sé qué decirte.

—No tienes que decir nada. No vine hasta acá para que me contaras algo que seguramente ya sé.

Leonel y su papá caminan al ritmo de la fila.

—¿Y ahora? ¿Te vas a montar al bus?

—Bueno, no sé… —dice Leonel medio confundido—. No sé qué hacer. Tengo que entregar mi ensayo de Historia de Colombia. Si no lo entrego pierdo la materia, pero pues…

—Pues te acompaño —lo interrumpe su padre.

—Ok —dice Leonel en voz baja.

Llegan a la puerta del bus y se empiezan a montar.

—Yo pago por los dos —le dice Leonel al conductor del bus al montarse.

—¿No que no tenías sino para tu pasaje? —le pregunta su padre con una risilla.

—Bueno, pues es que…

—Es un chiste.

Leonel baja la mirada y se queda callado.

Al fondo del bus hay un par de asientos vacíos.

—Se me olvidaba lo que es un jueves por la mañana en Bogotá —dice el niño tratando de caminar entre la gente parada en el bus.

¿Jueves?

Leonel mira a su padre, confundido por lo que acaba de decir.

¿Qué día es hoy?

—¿Jueves? —pregunta Leonel.

—Pues sí. Jueves —responde su papá, extrañado por la pregunta—. Hoy es jueves.

—Mi entrega es para el viernes.

El niño lo mira y se empieza a reír.

Justo cuando Leonel se da cuenta de que en realidad hoy habría podido dormir hasta tarde, las puertas del bus se cierran. Mira impotente cómo el andén se empieza a mover a través de las ventanas. Claro, a lo mejor no habría encontrado a su padre, pero eso tampoco le suena del todo mal.

—Oiga, pues aprovechemos y vamos hablando —le dice el niño a Leonel.

Si antes no estaba contribuyendo al olor a axila del bus, ahora sin duda es parte integral. Ya es obvio que se le olvidó echarse desodorante.

El bus avanza varias cuadras sobre la Carrera Séptima y desde adentro Leonel ve cómo toma un giro a la izquierda.

Por aquí no es.

Una tras otra. La Mala Suerte se ríe.

Leonel se voltea y busca el letrero que dice hacia dónde va el bus.

«Barrio Tokio».

No va para el centro. Lástima.

—Vamos para donde no es —dice Leonel.

—¿Tienes que llegar a algún lugar? Pensé que tu entrega no era hoy.

—No, pero ahora nos va a tocar bajarnos del otro lado del túnel y agarrar otro bus de vuelta.

—Por mí está bien.

—Pues sí.

Leonel no puede evitar que le tiemble la pierna izquierda. Sabe que tiene la cara llena de gotitas de sudor.

—Bueno, entonces… —empieza el padre, esperando a ver si su hijo se calma un poco.

Leonel traga saliva y siente cómo se le pega en la garganta.

—Necesito que se vaya de Bogotá.

En el siguiente paradero del bus, Leonel se baja y empieza a correr tan rápido como le es posible. Ni la Historia de Colombia ni sus "kilos de más" importan ya.

LA TÍA ALICIA

María siente que el celular le vibra en el bolsillo. Cuando lo saca ve que la Tía Alicia escribió en el chat familiar:

URGENTE:
SE VAN A TOMAR BOGOTÁ. INMINENTE ATAQUE BIOTERRORISTA A GRAN ESCALA. CIERRE LAS PUERTAS DE SU CASA, ESCONDA A SUS MASCOTAS, COMPRE ENLATADOS, ATÚN, AGUA, SALCHICHAS, UNO NUNCA SABE DE QUÉ SON CAPACES. NO SE SABE BIEN CÓMO PROCEDERÁN, PERO CARGUE SILBATOS, LINTERNAS, FLOTADORES. UBIQUE EL TRIÁNGULO DE VIDA DE SU VIVIENDA, PUEDE QUE PONGAN A TEMBLAR LA CIUDAD. NO LES IMPORTA QUE CAIGAN INOCENTES. LA POLICÍA ORDENA A LA CIUDADANÍA ABANDONAR LA CIUDAD LO ANTES POSIBLE. EL FANTASMA DEL COMUNISMO AÚN ESTA ENTRE NOSOTROS. NO SEAS EL MAL ELEMENTO FAMILIAR Y REENVÍA ESTE MENSAJE POR LO MENOS A TUS CINCO PERSONAS MÁS CERCANAS. CARIÑOS Y BENDICIONES. RECUERDA QUE LOS BUENOS SOMOS MÁS 🙏🙏🙏.

María termina de leer la cadena, guarda el celular con desespero y sigue caminando. Su Tía Alicia siempre ha sido así: medio mitómana, de esas que creen que siempre ha existido una gran conspiración, demasiado de derecha, justo de las que mandan cadenas por los grupos familiares. Ya debería haber apagado las notificaciones de ese chat.

PÁJAROS PENSIONADOS

Cuando Silvio se levanta está desnudo y hay alguien arrastrándolo por los pies. El piso le está raspando la espalda y a los setenta y dos años su cuerpo ya no está para este tipo de tratos.

Huele a sangre y todo es blanco.

—Estos ya son los últimos —dice una voz grave.

Intenta moverse, pero el cuerpo no le responde.

La adrenalina corre.

Intenta gritar, pero no le sale la voz.

La angustia crece.

Dos pares de manos húmedas lo levantan y lo ponen sobre una superficie metálica, tan fría que siente que se va a quedar pegado.

No tiene sus gafas. Todo está borroso y solo ve una gran luz blanca sobre su cuerpo. Hay mucha, mucha luz.

Silvio siente cómo se le van llenando los ojos de lágrimas.

—Bueno, vamos a hacerlo rápido para salir temprano —dice ahora una voz aguda.

—Igual después nos toca limpiar todo este reguero —responde la voz grave.

—Con un par de baldados de agua lo resolvemos.

«Ok, ok. Vamos por pasos», piensa Silvio.

—A ver…

Intenta respirar profundo, pero no lo logra.

Las preguntas se estrellan unas con otras al entrar en su cabeza.

«¿Dónde estoy?».

No entiende lo que ve. Hay sombras que se mueven a su alrededor, pero la gran mancha de luz y la miopía no le juegan a favor. Podría ser un sótano, pero solo cree eso porque está asustado. Tal vez es el noveno piso de un edificio en el centro de Bogotá. La vida le ha enseñado a sospechar de las respuestas obvias.

—Espere, quito a este de acá —dice la voz grave.

Suenan los gruñidos de alguien que levanta un gran peso y luego el golpe seco de ese peso contra el suelo.

«¿Quiénes son estas personas?».

Suenan pasos sobre un piso encharcado.

—Ahora sí... ¿Dónde dejó las pinzas? —pregunta la voz grave.

Suena el tintineo de una mano buscando bruscamente algo en una caja de herramientas.

—Listo —confirma la misma voz.

«¿Por qué no me puedo mover?».

Silvio está atrapado en el funcionamiento automático de su cuerpo. Seguro lo tienen drogado.

Sobre el anciano se asoman dos figuras. Silvio no alcanza a ver qué son. Ni siquiera sabe si son humanas. Parecen pedazos de carne mal masticados.

Todo es borroso y están a contraluz. Lo están examinando. Siempre supo que su mala vista le iba a costar caro. Se tenía que haber operado y nunca lo hizo. Que era mucha plata, decía. Con todo y eso, el peor escenario que había imaginado era perder sus gafas en un terremoto. Su imaginación nunca fue muy dada a los cuentos de terror.

Silvio siente una mano fría y húmeda sobre el estómago. Unos dedos le desfilan sobre el cuerpo. Le baja un escalofrío por la espalda, apretado entre la piel y el metal. Dos dedos estiran la piel alrededor del ombligo.

—¿Tiene la cuerda preparada? —pregunta la voz grave.

—Sí —responde la aguda.

Las pinzas entran en su ombligo y pellizcan firmemente la piel en el fondo.

Ojalá pudiera gritar.

—¿Listo? —se asegura la voz grave.

«No, no, no, no, no».

—Hágale —afirma la aguda.

Las pinzas jalan

y   la   piel   s   e   e   s   t   i   r   a.

Silvio siente que se descose.

Su sistema nervioso se enciende en llamas.

El sudor resbala y gotea por su costado.

Va a vomitar.

Si no lo sueltan se va a vomitar.

—Listo, amárrelo —dice la voz gruesa con evidente esfuerzo.

Justo alrededor de su ombligo estirado los seres empiezan a enrollar una cuerda delgada. Una vuelta, dos vueltas, tres vueltas. Siente cómo hacen un nudo y lo aprietan.

—Ahí quedó —confirma la voz aguda.

Las pinzas sueltan y Silvio siente como si estuviera hecho de caucho. El ombligo le vuelve al cuerpo y llega con una punzada de dolor abdominal.

A Silvio le cuesta respirar.

—Bueno, y con esto ¿qué nos queda faltando? —pregunta la voz aguda.

—El pelo de los niños ya está, y con esto completamos los ombligos que faltaban.

«Me van a arrancar el ombligo».

Se oye el ruido de metal contra metal, como si estuvieran moviendo maquinaria. Qué frío está el metal sobre el que Silvio está acostado. No sabe si su ombligo está sangrando o si es la humedad de las manos de sus anfitriones. Su corazón bombea con fuerza. Las voces se mueven a su alrededor.

—O sea que con esto solo queda esperar.

Siente el corazón retumbarle en el pecho y la presión de la sangre en la cabeza.

—Dijeron que máximo la próxima semana.

—Qué dicha por fin cambiar de trabajo —dice la voz aguda, evidentemente aliviada.

—Uy, sí —responde la voz gruesa.

—Y la ciudad limpia…

—Por favor.

—Y el río limpio…

—Bueno, ya vamos a darle a esto para que se nos dé el milagrito.

A la derecha de Silvio suena el golpeteo de algo pesado que se mueve sobre ruedas. Frente a la lámpara blanca Silvio ve que algo se atraviesa. No alcanza a distinguir qué es exactamente. Sabe que le va a doler. Huele a sudor.

—Listo. Hágale de una vez —dice la voz aguda.

Hay una pequeña pausa en lo que las voces se alistan para lo que viene.

—Uno —cuenta la voz gruesa.

«No, no, no».

—Dos.

«Por favor, no. ¡POR FAVOR, NO!».

—Tres.

Desde arriba, la cuerda amarrada al ombligo de Silvio tira con fuerza.

La sombra frente a la luz es una polea.

La cuerda tira y la piel se estira.

S e   e s t i r a.

S e   e s t i r a.

S e   e   s   t   i   r   a.

Y   s   e   e   s   t   i   r   a.

Su cuerpo se arquea de la tensión, colgado de la cuerda. Silvio siente el aire frío en la espalda.

Siente el ombligo más lejos del cuerpo de lo que jamás lo había sentido y, como si este estuviera amarrado a su vez a todas sus demás extremidades, siente la tensión entrar por una incisión y jalarlo desde adentro. Le jala los dedos, los ojos, la lengua y los talones. Siente que va a quedar de adentro hacia afuera. Ahora sí que se va a descoser.

—Haga el nudo ahí abajo —ordena la voz grave.

Silvio está indefenso ante el dolor. No puede gritar, no puede apretar la mandíbula, no puede aguantar la respiración. Las lágrimas resbalan silenciosas por sus mejillas, lejos de la mirada de sus victimarios.

«Me voy a romper».

—Listo.

—Pongamos los baldes de una vez, para que luego no toque limpiar otro charco —dice la voz gruesa.

«Ay, virgencita, me morí».

Las lágrimas en los ojos hacen que destelle la luz que lo alumbra. Silvio oye los golpes del plástico contra el suelo mientras los dos seres organizan baldes bajo su cuerpo. No sabe por cuánto tiempo su ombligo puede resistir el peso del cuerpo.

—Oiga, vecino, ¿tiene un cigarrillo que me regale? —pregunta la voz grave.

Su nuevo cordón umbilical se estira más y más. La tensión es tan fuerte que seguro hasta su mamá la está sintiendo. Su ombligo está cada vez más lejos.

—Están ahí en la mesa —dice la voz aguda.

—Mil gracias —responde la voz grave—. Toca aprovechar que acá sí podemos.

«Nadie va a saber qué me pasó».

—¿Me pasa uno, por favor?

Suena dos veces un encendedor y el humo empieza a perfumar el aire.

«Mi familia…».

Van a decir que desapareció. ¿Cuántos desaparecidos habrán estado en situaciones así de espeluznantes? Colgados de una polea por el ombligo. ¿En Colombia? Varios, seguro. ¿Qué va a decir su familia? Ojalá lo echen de menos. En las desapariciones siempre se elige a la gente de la cual se supone que nadie se va a acordar.

Siente como si le hubieran inyectado limón en las venas. Se pregunta por qué es él quien está colgado del ombligo. ¿Por qué no su vecino?

«¿Habrá sido por reclamar por la pensión?».

Suena un cigarrillo apagándose en un charco en el piso y otro más justo después.

Silvio se marea aún más. Le falta poco para perder el conocimiento. Muy seguramente no se vuelva a levantar. La cabeza le está empezando a fallar. Frente a la enorme luz blanca que lo ilumina comienza a ver manchitas de colores. Entre delirios se acuerda de su mamá, de la dueña de ese ombligo por el que ahora lo están matando. Ya no hay nada que hacer. Ya lo mataron. A lo mejor reencarna en algo un poquito más interesante, de pronto en otra ciudad, en otro tiempo. Igual ya está viejo. Mejor reencarnar en un animal o algo así. La posibilidad de ser un pájaro le parece atractiva y lo distrae. En ese caso sí prefiere que sea en Bogotá. Poder volar sobre las montañas suena fascinante, aunque seguro que la contaminación es un constante desespero. Recuerda la rinitis que le daba salir a montar en bicicleta por la ciudad. ¿A los pájaros les da rinitis? ¿Los pájaros tienen pensión?

—Ahora sí, páseme el bisturí.

La Mala Suerte se ríe en el cuarto de al lado. En unas horas el ritual va a estar listo y ya por fin van a "limpiar" la ciudad. La gente camina por la calle, llega a su casa, juega con sus hijos y come con su familia. Nadie sabe y nunca lo sabrán. Todos asumen que sea lo que sea, el sol siempre vuelve a salir al día siguiente por detrás de las montañas. Y que el supuesto volcán de Monserrate seguirá durmiendo.

LLORAR DE PIE DUELE MÁS

Magola está viendo el noticiero de las siete cuando oye que alguien toca el timbre de su casa. Le da un poco de pereza levantarse, pero está cayendo un aguacero y no quiere que la visita se le moje, en especial porque qué pereza luego limpiar el barrial. Se pone las pantuflas y baja. A sus sesenta y tres mal cuidados, ya un viaje hasta la entrada de la casa es un sacrificio considerable.

Mirilla:

Es María Victoria, su vecina y amiga de toda la vida, debajo de un paraguas azul oscuro

Abre la puerta y, antes de que la invite a pasar, ella entra directo a la sala y se para junto a una mesa sobre la que duerme Calasso, el gato de Magola.

Magola la ve entrar y la sigue apresurada.

—Doña Mariaví, ¿sumercé qué hace por acá a esta hora?

—No aparece Sebastián —dice acariciando frenéticamente al gato.

María Victoria tiene la pestañina corrida por el llanto.

—¿Cómo que no aparece Sebastián? ¿Ya lo llamó al celular?

—Ay, Magola, vengo de medicina legal. ¿Usted cree que no lo he llamado?

Magola se para frente a ella y le agarra una mano.

—Ay, pues no sé…

—¿Qué cosa no sabe?

—Pues es que, con todo respeto, Sebastián sí es bien fiestero. ¿Segura que no anda emparrandado…?

—Yo sé que le gusta la fiesta, pero también sé que viene a almorzar a la casa a mediodía entre semana y que si no viene siempre avisa, y lleva tres días sin llamarme.

—Seguro se tomó unos aguardientes de más y tiene el celular apagado, ¿o es que usted nunca se voló de su casa cuando joven?

—No, no, no, Magola. Esto es diferente. Tengo un pálpito. Yo sé lo que le digo.

Las dos amigas se aprietan la mano.

—Ay, doña Mariaví, y ¿cuándo fue la última vez que supo algo de él?

—Pues el jueves me dijo que salía temprano a hacer unas vueltas por el barrio Tokio y me escribió cuando estaba en el bus. Luego no volví a saber nada.

—Ay, diosito bendito, doña Mariaví —dice Magola mientras se da la bendición—. Usted sabe que en ese barrio pasan cosas raras. Además, eso está lleno de militares y, Dios no quiera, pero usted sabe que a esa gente también le gusta llevarse a los muchachos.

—¡Ay, Magola, no diga esas cosas!

—Ah, bueno, entonces hagamos como todo el mundo y quedémonos calladitas. Calladitas más bonitas. Mejor ni para qué hablamos de las cosas que pasan —dice Magola encogiéndose de hombros y levantando las manos, como para limpiarse de la responsabilidad de herir sensibilidades.

—Es que hablar de eso no sirve de nada. Yo ya me sé esa historia.

Magola suspira.

—Mejor cuente bien cómo es eso de que por allá es raro. ¿Raro cómo?

El hambre de chisme no respeta el luto familiar.

—Pues, doña Mariaví, es que usted sabe que en ese lugar llevan pasando cosas bien asustadoras desde que se fundó el barrio por allá cuando los españoles todavía estaban acá.

María Victoria agarra con fuerza el paraguas que trae entre las manos.

—Dicen que eso era un pueblito minero que se fundó después de que se abriera el túnel desde este lado de la montaña. Como que encontraron oro o esmeraldas o algo y abrieron la montaña hasta llegar al otro lado y luego ahí se quedaron viviendo varios de los trabajadores. Después, un día, se derrumbó el túnel y la gente del pueblito se quedó atrapada del otro lado de la montaña.

María Victoria asiente y mira a los ojos a Magola. Afuera suena el aguacero como si cayeran piedras sobre el techo.

—Se demoraron un rato en volverlo a abrir, pero cuando llegaron no había nada.

—¿Cómo que no había nada?

—Pues así. No había nada. Ni gente, ni casas, ni nada de nada. Todo se perdió.

—Ay, usted qué se va a creer esos cuentos chinos. Eso es pura leyenda urbana. ¿Cómo se va a perder un pueblo?

—Pues será una leyenda urbana, pero en ese barrio se pierden las cosas y hoy usted tiene la prueba.

A María Victoria se le escurren las lágrimas por las mejillas.

—Pudo pasar en cualquier barrio.

—Pero fue allá.

Difícil ahora mantener el agua afuera. María Victoria solloza mientras se agarra con una mano de la mesa a su lado.

—Venga y se sienta, doña Mariaví, que mi abuela decía que llorar de pie duele más. ¿Quiere un cafecito?

—No, no, no se preocupe.

—De verdad, venga —le dice Magola agarrándola del brazo, guiándola hacia el sofá y sentándola de un lado.

María Victoria se seca las lágrimas y los mocos con la manga del saco. Sí se siente un poco mejor. Su amiga se acomoda a su lado.

—Ay, Magola, ya me dejó con curiosidad.

—Pues es la idea, supongo, de todas esas leyendas urbanas —dice Magola mientras se estira la falda.

—A mí lo que me pone a desconfiar es que si fuera verdad a uno se lo contarían en el colegio y así, ¿o no?

María Victoria se limpia los mocos con la manga del saco.

—Lo que pasa es que no le he terminado de contar la historia.

—¿Cómo así?

—Pues es que se supone que el pueblito ese lo desapareció una gente como en un ritual o algo así. No sé muy bien, pero recuerdo que mi abuela decía que no preguntara mucho, que era peligroso.

—¿Peligroso cómo?

—Pues usted sabe cómo eran las abuelas. No se podía hablar ni de sexo, ni de política, ni de religión, ni de por qué el Tío Saul era medio raro, ni de por qué tal primo tenía seis dedos. Ya sabe cómo era eso.

—Pues sí…

—Seguro por eso a uno no le dijeron nada.

De repente María Victoria rompe a llorar y el aguacero sigue sin dar tregua.

—Ay, doña Mariaví, no se preocupe, que Dios sabe cómo hace sus cosas. Seguro Sebastián aparece en estos días. ¿Qué dijo la policía?

—Pues nada, que me llamaban si sabían algo, pero pues es que la policía nunca hace nada, fui como por hacer la vuelta completa. De allá me mandaron a medicina legal.

Magola se da la bendición y dice un padrenuestro, pero el aguacero se come el ruido de las palabras.

—Ay, Magolita, yo le tengo que pedir un favor.

Magola la mira y sabe que, sea lo que sea que le vaya a pedir, va a estar oscuro.

—Necesito que me acompañe al barrio Tokio —dice su amiga mirando el tapete.

El rugido del aguacero es música de fondo.

—Y tiene que ser ya —agrega apresurada.

—Usted está loca si cree que se va a ir por allá de noche.

—Ay, Magola.

—De noche y lloviendo.

—Magola, usted sabe que yo nunca le he pedido nada.

—No, no, no, no, no, mija, eso por allá a esta hora es peligrosísimo.

—Ay, Magolita, yo sé todo eso, pero es que es mi hijo. Es mi muchacho.

María Victoria la mira con una sonrisa que vive en la mitad de todo un mundo de tristeza. Ya la pestañina le llega hasta la parte de abajo de los cachetes.

—Tengo que ir y usted es la única amiga que tengo que yo sé que me acompaña.

—Ay, María Victoria, no me ponga en estas —dice Magola, angustiada porque le va a tocar decir que sí.

—Usted sabe que yo iría con usted si me pide ese favor. A esta hora y lloviendo. Pero no vamos a encontrar nada, mucho menos sin luz y con esta cantidad de agua.

—Igual. Tengo que ir. En especial después de los cuentos que me acaba de echar. No puedo dejar a mi muchacho solo. Prefiero que me desaparezcan a mí.

Magola la mira y se menea desesperada.

—Ay, doña Mariaví, pero entonces vámonos ya, antes de que se haga más tarde.

María Victoria se limpia las lágrimas y sonríe.

—Pero hagamos algo —dice Magola—. Pidamos un taxi y que nos dé la vuelta por el barrio y luego le decimos que nos devuelva hasta acá. Así es como más seguro.

—Listo, listo —dice María Victoria mientras se levanta y se estira la falda.

Magola agarra el teléfono.

«1-666-666».

Sabe que es más fácil pedir el taxi por una aplicación en el celular, pero nunca ha entendido cómo funcionan y prefiere quedarse con lo que ha usado toda la vida.

—Listo. Que ya lo mandan —le dice Magola a María Victoria mientras cuelga el teléfono.

—Bueno, pero vaya usted y se abriga para que no se me vaya a enfermar.

A los diez minutos llega el taxi a la puerta de la casa. Magola y María Victoria salen las dos bajo el paraguas azul y se montan en la parte de atrás.

—Buenas noches, señoritas. ¿Para dónde vamos?

—Vamos para el barrio Tokio y luego de vuelta.

—Claro que sí. ¿Les puedo ofrecer un dulcecito de limón para el frío? Si están bien ricos.

María Victoria estira la mano y agarra un par de dulces. Le pasa uno a Magola, le quita el envoltorio al suyo y se lo mete a la boca.

—Mil gracias, señor —dice saboreando el dulce—. Están bien ricos.

En el espejo retrovisor se ve la sonrisa blanca del taxista. La fila superior de su dentadura brilla y está interrumpida por una pequeña ranura entre los dos dientes frontales. Se parece al túnel que van a tener que atravesar para llegar al barrio Tokio.

El sonido del taxi al acelerar se esconde detrás de los rugidos del aguacero.

OMBLIGO

NIÑO SE LEVANTA SIN OMBLIGO EN LA LOCALIDAD DE USAQUÉN

Extraño caso se reporta desde el norte de Bogotá: niño de siete años se levanta por la mañana y no tiene ombligo. Sobre el estómago, en el espacio que antes ocupaba la primera cicatriz de su cuerpo, hay una esmeralda. Autoridades y médicos no han podido dar explicación a este extraño caso. Químicos expertos confirman que, para la buena suerte de la familia, la esmeralda es de la más alta calidad.

EXTRAÑO CASO DE DESTRIPAMIENTO EN LA LOCALIDAD DE SUBA

Familia con seis hijos residente de la localidad de Suba aterrada al levantarse y darse cuenta de que todos los niños han perdido el ombligo durante la noche. Policía y médicos no han podido dar explicación a esta epidemia que ya ha afectado a más de ciento cincuenta niños en la capital de la República. La familia ha donado el lote de seis esmeraldas a la parroquia de Santa Bernardita, ubicada en su barrio, disculpándose por no asistir a misa. «Seguro es un castigo divino. Es un recorderis de que tenemos que seguir la palabra de Jesuscristo (sic)», dice el padre.

SIGUEN APARECIENDO VÍCTIMAS DEL «SÍNDROME O»

Sigue al alza el número de niños sin ombligo en la capital de la república. Después de varias investigaciones, lo único que se sabe es que afecta a niños y niñas de entre cinco y doce años de edad. Los casos se han dado en toda la ciudad, principalmente en las localidades cercanas a la ladera de los Cerros Orientales. Las autoridades no tienen respuesta para este problema, pero no descartan que se pueda tratar de un nuevo virus que afecta solo a los infantes. Ministerio de Salud recomienda la cuarentena para los afectados hasta que no se elimine cualquier posibilidad de riesgo para las personas cercanas.

MÉDICOS NO PUEDEN EXPLICAR EPIDEMIA DE NIÑOS SIN OMBLIGO

Después de varios exámenes, los médicos concluyen que, si bien no es posible explicar por qué ha desaparecido el ombligo de más de doscientos niños en la capital del país, ninguno de los casos parece tener implicaciones de salud para las víctimas. La comunidad médica recurre al gremio de los cirujanos plásticos para encontrar remedio estético para los niños afectados.

—A usted sí le gusta estar en primera plana, ¿no? —dice la Mala Suerte entre risas.

CAE EL PRECIO DE LAS ESMERALDAS

El mercado esmeraldero de la capital sufre una fuerte recaída después de la entrada al comercio de las esmeraldas implicadas en el caso de la desaparición de los ombligos de más de trescientos cincuenta niños en la capital de la República. Esmeralderos piden subsidios al

Gobierno para mitigar el impacto de la pérdida de interés en las gemas minadas artesanalmente.

ESMERALDAS OMBLIGO SON UNAS DE LAS GEMAS MÁS BUSCADAS POR LOS COLECCIONISTAS INTERNACIONALES

En un extraño cambio de curso para la presente epidemia de niños sin ombligo, las familias de los implicados se han visto asediadas por constantes ofertas de compra en busca de las ahora llamadas «esmeraldas ombligo», que parecen valer incluso más que las aclamadas esmeraldas de Muzo. Si bien ninguna de las familias ha querido discutir el estado actual de las negociaciones, se han reportado ventas superiores a los 50.000 dólares americanos, o unos 150 millones de pesos.

—Esto ya está muy rebuscado. ¿De verdad esto sale en los periódicos?

—No muy a menudo, pero llevo ya un tiempo recortando las noticias —responde el ladrón de ombligos.

MARCHA MULTITUDINARIA EN LA PLAZA DE BOLÍVAR BUSCA QUE EL ESTADO REPARE A LOS NIÑOS SIN OMBLIGO MENOS FAVORECIDOS

Después de que hace algunas semanas se reportó el primer caso de un niño que se sometió a un procedimiento exitoso de cirugía plástica para su ombligo, cientos de familias se han parado frente al Congreso para exigir que a sus hijos se les administre el mismo procedimiento. El precio normal de la cirugía oscila entre los dos y tres millones de pesos, pero los padres de muchos de los afectados argumentan que el Estado debe cubrirlo para no violentar la salud mental de los niños, quienes en varios casos reportan ser víctimas de un sanguinario matoneo escolar.

UNA GENERACIÓN SIN OMBLIGO

Después de más de dos años desde que se reportó el primer caso de desaparición del ombligo de un niño de siete años en la localidad de Usaquén, hoy es posible encontrar a más de cinco mil niños sin ombligo en la ciudad de Bogotá. Expertos internacionales han dicho que no hay causa aparente para este fenómeno y que todo parece indicar que es poco lo que se puede hacer para impedirlo. Ministerio de Salud recomienda mantener bajo supervisión a los niños afectados, pero ya se han presentado críticas de parte de las familias, quienes dicen que las empresas prestadoras de salud se niegan a cubrir los costos de una condición que no parece afectar a la salud de quienes la padecen.

SUBEN LOS ÍNDICES DE NATALIDAD EN BOGOTÁ

Después de que el Gobierno revelara que los índices de natalidad en la capital van al alza desde hace dos años, muchos expertos asocian el crecimiento demográfico con el aún misterioso «Fenómeno O». Con todo y esto, varios conocedores del mercado esmeraldero han dicho que para este punto hay tantas esmeraldas ombligo en circulación que su precio ha caído dramáticamente. Tatiana Cáceres, ministra de Salud, ha dicho en varias ocasiones que el precio de crianza de un hijo supera el precio máximo alcanzado por las esmeraldas, por lo que es, de cualquier manera, un mal negocio. Las cifras, sin embargo, siguen creciendo.

Bajan risas por la ladera de los cerros de Bogotá.

—¿Ya cuántos tiene?

—Como siete mil.

—¿¡Siete mil!? —dice la Mala Suerte, justo antes de partirse de la risa.

—Más o menos. Paré de contar hace un rato.

La Mala Suerte se ríe mientras pone el álbum de recortes en el piso y echa otro pedazo de leña a la fogata. Los dos se quedan viendo cómo, de a poquitos, el fuego va acariciando la madera hasta pegarle las llamas. Poco a poco las risas se van apagando.

—¿Sí se ha fijado alguna vez en la colita de la risa? —pregunta el ladrón de ombligos.

—¿Cómo así «la colita de la risa»?

Dos pares de dedos largos y oscuros hacen el gesto de las comillas en el aire.

—Sí, pues, la colita. Como la última risa que se ríe antes de dejar de reírse.

—No sé de qué me está hablando, pero estoy seguro de que nunca me he fijado.

—Me refiero a ese último «ja, ja, ja» con el que se termina la risa. Es como una risa medio apagada, sin carcajada, como una risa débil que sale casi con la boca cerrada. Así.

El ladrón de ombligos imita la colita de una risa. Se siente un poco ridículo al hacerlo, pero, como es un tema que él puso, no ve otra opción que darle cuerda hasta el final.

La Mala Suerte sonríe con la actuación de su amigo.

—Sí, sí, entiendo. Creo que sé a qué se refiere. ¿Qué pasa con eso?

—Nada, pues que usted se terminó de reír y al oír la colita de su risa me acordé de que, si uno logra encontrarle la gracia a ese ruido y reírse de la colita, es posible crear una cadena infinita de risa y diversión.

—Ok, pero usted no se rio.

—No.

—¿Entonces?

—Me parece divertido el pensamiento.

—Ok.

Reina el silencio y, sobre él, el ruido de la fogata. A lo lejos se escucha una canción de reguetón que alguien baila en la ladera de la montaña.

—Venga, explíqueme otra vez por qué está haciendo esto —dice de repente la Mala Suerte intentando no ahogarse en el silencio, que a cada segundo que pasa se hace más insoportable.

—¿Qué cosa?

—Lo de los ombligos.

—Ah, ok —responde el ladrón de ombligos—. Los estoy coleccionando.

—Eso me queda claro, pero todavía no he entendido por qué.

—¿Quiere la historia completa?

—Pues tengo tiempo y acabo de echar otro pedazo de leña, entonces, si me la quiere contar, acá estoy.

—Entonces espere, agarro otra cerveza.

De una piedra junto a la fogata se levanta un ser altísimo y muy delgado. La luna alumbra lo suficiente para ver que de su cuerpo cuelgan miles de hojas verdes, como un pelaje frondoso y brillante. Estira uno de sus largos brazos y saca una lata de un costal que está junto al fuego.

—Listo, soy todo oídos —dice la Mala Suerte, ansiosa por oír la historia y agradecida por salvar la conversación.

Sus amigos le decían que no entendían por qué se seguía juntando con el dios de la cerámica; que era raro; que era difícil hablar con él; que mejor con el dios del agua o el recientemente contratado dios del tráfico, a quienes les gustaba más el whisky que la cerveza. La coincidencia de gustos en cuanto a bebida era solo una de las razones por las que la Mala Suerte disfrutaba pasando tiempo con el dios de la cerámica, ahora conocido como «el insólito ladrón de ombligos». Disfrutaba conviviendo con alguien distinto de los usuales dioses de la zona, todos muy tiesos y engrandecidos por su trabajo. Le estresaba que casi todos fueran ciegos al hecho de que, incluso teniendo poder sobre las vidas de un montón de personas, eran tan presas de un sistema laboral como los oficinistas que se quejaban de que en su empresa no les daban suficientes beneficios. Eso sí, definitivamente ninguno tenía suficientes vacaciones.

—Téngalo un segundo. No sea impaciente —le dice el ladrón de ombligos a la Mala Suerte mientras levanta el dedo índice, como pidiéndole un segundo de paciencia.

La Mala Suerte refunfuña.

Del mismo costal de la cerveza sale una bolsita de supermercado y de la bolsita sale un pitillo plástico con líneas rojas que lo atraviesan a lo largo. Suena la lata al abrirse y el pitillo cae por la abertura, hundiéndose hasta la mitad. El ser vuelve a sentarse en la misma piedra de la que se levantó y mete el pitillo por debajo de una gran máscara de cerámica blanca que cubre su cara, toma un largo sorbo de cerveza y suspira.

—¿Listo? —pregunta el ladrón de ombligos.

—Más listo que sacerdote en orfanato.

Hay un breve silencio.

La Mala Suerte no sabe si es una pausa dramática, si su chiste fue de mal gusto o si su amigo solo está buscando por dónde empezar.

—¿Se acuerda de que hace unos años me tocó ir a una convención?

—Sí, sí. La de los dioses de la cerámica de todo el mundo, ¿no? La que sonaba superinteresante —responde la Mala Suerte con evidente sarcasmo.

—Pues en esa convención todo fue un gran desastre. De entrada, yo solo soy un dios local, de una región pequeña, entonces ya lo que tengo para mostrar es poco, pero para hacerlo peor ya nadie hace cerámica acá en Bogotá. A ver, quedan algunos talleres a los que la gente va a pasar el rato y a hacer algún plato o florero para regalarle a la familia, pero pues no es un oficio que sea necesario para vivir, ¿sí me entiende? Acá no hay cosas tan interesantes.

—No se me ocurre cuándo me interesaría ver ningún tipo de cerámica, pero entiendo.

—Una búsqueda en internet y seguro entiende.

—Eso está varios pasos por encima de mi umbral de interés.

—El punto es que, claro, llego yo a la convención y lo mejor que tengo para mostrar son un par de vasijas y algunos floreros. Y, sí, estaban lindos, pero pues llega el dios japonés y toda la convención se quiere desmayar con lo que trae.

—Del aburrimiento, supongo —dice la Mala Suerte mientras asiente.

—Un día de estos le voy a mostrar las fotos.

—No, gracias.

El ladrón de ombligos suspira y se alisa las hojas de la cabeza con las dos manos. El ruido de la ciudad, que suele camuflarse entre todos los demás, se hace evidente en el silencio de la noche y solo es interrumpido por el sonido de los sorbos de cerveza de ambas partes.

—Bueno, entonces el dios japonés estaba desmayando gente… —dice la Mala Suerte, alentando a su amigo a seguir con la historia.

—Ah, sí. El dios japonés era el centro de atención.

—Ajá.

—Yo nunca fui de llevar piezas extravagantes a las convenciones, en especial porque acá en la «época de oro» los indígenas usaban la cerámica para cosas del día a día. Hacían platos, vasos, vasijas, todo muy rutinario y sin mucho show. No eran obras de arte, por ponerlo de alguna manera, pero lo que sí tenía eran unas ofrendas tremendas. Me dejaban oro y esmeraldas y en las convenciones eso no lo tenía ni el mismísimo dios japonés.

—Ok, de ahí las esmeraldas, entonces.

—Sí, sí. Fue mi primera colección.

—¿Y la de ombligos es la segunda?

—La tercera. También coleccioné conchas y caracolas, pero con el mar tan lejos era difícil encontrar nuevos especímenes.

—Es medio raro eso de coleccionar cosas.

—Pues yo comencé con la de esmeraldas porque fueron lo que me empezó a llegar. Me asignaron el trabajo y luego de un rato ya tenía un montón guardadas. Con el tiempo me puse a organizarlas y a buscar las más bonitas, hasta que finalmente se convirtió en una colección.

—Igual, yo las habría dejado ahí guardadas y ya.

—¿Nunca ha coleccionado nada?

—Tengo una colección de chistes fenomenal.

Ambos se ríen.

—A ver, a ver —dice la Mala Suerte enderezándose y acercando la cara a la fogata—. ¿Qué es rojo y huele a pintura azul?

—Pintura roja.

—No es chistoso si ya se lo sabe.

—Un poquito sí —dice el ladrón de ombligos mientras ríe—. Pero, en serio, ¿nunca ha coleccionado nada de verdad?

—Jamás. No entiendo para qué. Además, yo no soy como usted: ¿ofrendas a la Mala Suerte?

—Ese es un mejor chiste, tiene razón.

Ríen de nuevo.

—El punto es que cuando se acabaron los indígenas se acabaron las ofrendas y, luego de empezar a hacer el oso en las convenciones al llegar sin nada, me desmotivé un montón con el trabajo.

—Que antes era superemocionante, claro.

El ladrón de ombligos mira a la Mala Suerte a los ojos, o eso cree ella, pues la máscara esconde la mirada de su amigo.

—Ok, ok, ya me callo. Por favor, siga —dice la Mala Suerte moviendo el dedo índice en pequeños círculos.

—A lo que voy es a que yo sé que no puedo renunciar, pero la siguiente ronda de repartición de puestos es hasta dentro de mil seiscientos cincuenta años y esta vaina a duras penas da para que sea un trabajo de medio tiempo. Obvio voy y hago mis rondas y le ayudo a la señora que está aprendiendo a que haga la mejor pieza que ha hecho, que igual no va a ser tan buena, pero para las dos de la tarde ya hice todo lo que tenía que hacer.

—Ok, ok, entonces esto de los ombligos es como un hobby, un pasatiempo.

—Sí, un poco sí.

—¿Y por qué ombligos?

—Porque un día fui a una clase de cerámica en la que una mujer había llevado a su hijo para que la acompañara y el niño no paraba de levantarse la camiseta para jugar con su ombligo.

—Ok. Sigo sin entender —interrumpe la Mala Suerte.

—Espere —dice el ladrón levantando una mano—. El niño no paraba de hacerle preguntas a su mamá. Le decía: «¿Y por qué está tan salido?», «¿Y para qué sirve?», «¿Y por qué siempre tengo mugre adentro?» y así durante toda la clase, hasta que la mamá, ya desesperada, le contestó: «Mi amor, el ombligo es donde está guardada el alma de las personas, y si te lo sigues molestando así se te va a salir».

Como sin poderlo creer, la Mala Suerte se empieza a reír descontrolada.

—La cara de terror del niño fue buena, eso no se lo voy a negar, pero me pareció incluso más divertida la idea de que los humanos tienen el alma guardada en el ombligo.

La Mala Suerte intenta calmarse y recuperar la compostura, pero es como un rehén en un ataque de cosquillas.

—O sea, a ver si entiendo —dice entre risas—, ¿usted no colecciona ombligos, sino que colecciona almas?

—Eso me gusta pensar.

Ambos se ríen, la Mala Suerte con su risa aguda y estruendosa y el ladrón de ombligos con la suya un poco más callada y medio escondida por la máscara. Sus risas acompañan el sonido de la leña en la fogata. Desde la ciudad se oye un carro frenar estrepitosamente.

—Está bien oscura esa explicación —dice la Mala Suerte aún riendo.

—Bueno, pues mientras haya algo que hacer...

La Mala Suerte se levanta y se acerca a la fogata. Se seca las lágrimas con el dorso de la mano, agarra el costal y saca otro par de cervezas. Se oye la colita de su risa, larga y placentera.

—¿Quiere otra? —le pregunta al dios enmascarado.

—Sí, mil gracias —responde justo antes de sorber el último trago de su cerveza.

El ruido del pitillo succionando los últimos rastros de líquido acompaña al sonido de uno de los pedazos de leña que se parte por la mitad por las cosquillas del fuego.

Viaja por los aires una lata de cerveza y una mano envuelta en hojas la recibe en el aire.

—Oiga, ¿me pasa otro pitillo?

—¿Otro? Use el mismo, que por muy dioses que seamos si se acaba el mundo también nos acabamos nosotros.

—Es que los muerdo, y volverlos a usar me da un poquito de asco.

—Entonces deje de usar pitillo y sensibilícese un poco ante una posible catástrofe ambiental. El plástico nos va a matar.

—Es que no me puedo quitar la máscara.

La Mala Suerte intenta mirar al ladrón de ombligos con desaprobación, pero se le nota que está intentando aguantarse la risa. Se toma un momento antes de responder.

—¿Como así? —dice por fin.

—Pues justo así. No me la puedo quitar.

—¿Está pegada o qué?

—Desde que me asignaron el trabajo.

—¿A lo bien?

—¿Me ha visto alguna vez sin la máscara?

—Pues no sé, pensé que era porque a lo mejor era un poco tímido o porque había algo que no me quería mostrar. De pronto un feroz caso de acné o algo así —responde la Mala Suerte con una risilla.

—Un dios con acné, claro.

—La verdad es que nunca lo pensé mucho, para serle honesto. Todos tenemos cositas raras y no está tan divertido cuando a uno le están preguntando todo el tiempo por ellas. Yo hago chistes, pero respeto.

—Igual ya me acostumbré.

—¿Cómo hacía antes de que hubiera pitillos?

—Cargaba con uno de madera que alguna vez le robé a alguien por ahí.

—¿Y por qué dejó de usar ese? Justo eso es mejor que usar pitillos de plástico.

—Porque imagínese un pedazo de madera que muerdo cada vez que quiero tomar algo. Al final me tocó botarlo. Incluso, cuando no conseguía uno de madera, me tocaba quitarme una hoja del cuerpo y enrollarla para suplir la necesidad.

—Bueno, entiendo que no se quiera quedar calvo, ¿pero por qué de plástico y no de papel?

—Los de papel no son tan fáciles de conseguir.

—¡Los venden en cualquier tienda!

—¿Y es que me ve cara de poder entrar a comprarlos tranquilo a cualquier parte?

—Entra a la tienda, los agarra y se va. Quien lo vea va a pensar que se enloqueció, y si alguien dice algo en el peor de los casos va a aparecer en uno de esos programas de casos paranormales de los que todos se ríen. Nada que altere el orden natural de las cosas.

—¿Y si la tienda tiene cámaras?

—Pues por eso uno solo entra a las tienditas de barrio. Me suena a que le da pereza.

El ladrón de ombligos mira hacia abajo y aprieta la lata de cerveza sin abrir entre sus manos.

—Es que cuando uno muerde los de papel se deshacen en la boca y saben raro.

—Ah, no, es que así es muy difícil —dice la Mala Suerte levantándose de la piedra—. A todos nos toca hacer un sacrificio para que la crisis ambiental no nos acabe. Si fuera tan fácil no estaríamos en estas.

—No entiendo por qué la Mala Suerte está intentando evitar uno de esos infortunios que tanto le gusta ocasionar.

—No, no, no, yo juego con el azar y esto no es azar. Yo solo mato gente de tanto en tanto, cuando la situación lo pide y el chiste es bueno, pero estamos hablando de que la crisis ambiental va a matar a millones de personas. Eso ya no es Mala Suerte, eso es ser estúpido.

La Mala Suerte abre su cerveza y toma un largo trago.

—Ok, ok, me paso a los de papel, entonces —dice el ladrón de ombligos, abriendo su cerveza y resignándose a usar el mismo pitillo—. ¿Y usted qué ha hecho estos días? Como para que esto no sea solo hablar de mí.

—Pasar el tiempo, la verdad.

—Envidiable.

—Atormentar niños, asustar señoras, ponerle la zancadilla a algún muchacho que vaya caminando por la calle, hacer mis rondas por los casinos de la ciudad.

—Suena divertido.

La Mala Suerte suspira.

Ambos se quedan tomando cerveza y viendo el fuego durante un rato.

—Ojalá se pase rápido el tiempo hasta la próxima repartición —dice cabizbajo el ladrón de ombligos.

—Algo habrá que hacer… —responde la Mala Suerte en voz baja.

Los dos se quedan mirando la ciudad desde su puesto en las montañas, tomando cerveza, reciclando un mismo pitillo.

—Oiga, ¿se imagina borrar esta ciudad del mapa? —dice la Mala Suerte mirando a los ojos a Bogotá.

—Todos los días. Limpiar todo este reguero.

—Enterrar a todos estos hijueputas y abrirse de este hueco.

—O quedarse, pero sin la gente. Como en enero.

—Pero reventarlos a todos. Hacerle honor a que esto ya es un cementerio.

—¿Cómo le ayudo?

La Mala Suerte se ríe y la colita de su risa se pierde entre las montañas.

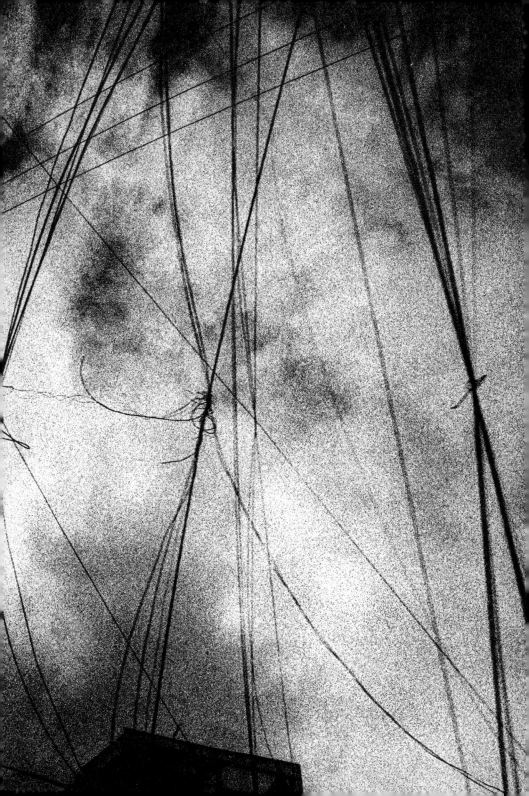

CTRL+ALT+DEL

CTRL+ALT+DEL

...

No funciona. La pantalla está congelada y no sirven ni el teclado ni el mouse.

CTRL+ALT+DEL

CTRL+ALT+DEL

—Bueno, nada que hacer.

Deja el botón de encendido apretado durante diez segundos y el computador se apaga a la fuerza.

Se oye cómo los motores y circuitos de la máquina se callan de repente.

Vuelve a hundir el botón de encendido, se prende de nuevo el monitor, aparece una pantalla negra y se hace evidente que va a tener que esperar un rato para que su computador termine de cargar.

Aprovecha esta breve pausa para organizar un poco su escritorio. Recoge algunas fotocopias de la universidad que usó para hacer su ensayo y tira a la basura unos papeles que ya no le sirven de nada. Tira envoltorios de dulces, recibos de restaurantes y varios recortes de periódico. Debajo del desorden encuentra algunos billetes refundidos —que nunca vienen mal— y una carta de cumpleaños que Catalina le había regalado.

«Felices 23, Susi. Te quiero mucho».

Su cumpleaños había sido ya hacía varios meses. Mientras se pregunta si debe aprovechar para limpiar todo su cuarto de una vez, el brillo de la pantalla de inicio en su computador la devuelve al problema del momento: encontrar el ensayo final de su clase sobre Historia de Colombia.

Usuario: Susanita
Contraseña: ritaeslinda

No había cambiado su contraseña desde que Rita, su perrita, había muerto cuando ella tenía catorce años. Siempre que la tecleaba sentía un poco de remordimiento por no tener números ni símbolos extraños que la hicieran un poco más difícil de adivinar. Pero es que ¿qué quería esconder? ¿Sus datos bancarios? A duras penas tenía dinero en su cuenta. ¿Las fotos desnuda que le mandó a algún ex hace tiempo? Si alguien tuviera que ver sus fotos desnuda ojalá fueran esas, que le habían quedado sorpresivamente bien tomadas. Se veía bonita, feliz y justo en esa época había estado yendo al gimnasio. Era inútil pretender que había algo de valor en su computador y, aún más, que existía alguien que tuviera el interés suficiente para intentar robarlo. Su absoluta falta de relevancia era su mejor defensa.

ENTER

Ahora, el ensayo. Lo había guardado en el escritorio.

«Bogotá en llamas: grandes incendios de la capital».

Le pican los tobillos.

¿Dónde estaba?

Usa el buscador del computador.

«Bogotá en llamas», «Incendios», «Adiós Bogotá»…

Estaba 100 % segura de haberlo guardado.

«Bogotá arde», «Las cenizas de Bogotá»…

No estaba.

«No hay resultados de búsqueda».

Está segura de haber guardado el archivo hace tan solo un par de horas.

—Ay, no.

El archivo no aparece.

Lleva más de dos semanas trabajando sin parar.

Susana suspira y se rasca el desespero de la cabeza.

Y ni hablar de meterse a internet a buscar cómo recuperar un archivo que se perdió. Que si la memoria temporal del computador, que si te metes a los archivos fuente del procesador de texto, que si prendes una veladora y te echas tres avemarías, que si le haces un sacrificio al dios de la computación. Pasa. Pasa más de lo que a uno le gustaría. Pasa justo cuando uno menos puede darse el lujo de que pase: a seis horas de la entrega. Y lo peor de todo es que este es uno de esos casos en los que no es posible decir la verdad, porque la verdad suena a excusa de cajón. ¿Mi computador borró el archivo? ¿Qué pasa con las personas a las que su perro sí se les come la tarea?

Nada que hacer. Es que ni siquiera vale la pena tratar de hacer algo en el tiempo que le queda. Va a perder la materia y no hay nada que hacer. Mejor empezar a hacerse a la idea de que no se va a graduar el próximo semestre.

Susana suspira y vuelve a apagar el computador. Se estira como intentando alcanzar el techo del cuarto. No lo alcanza. Nada raro.

Le siguen picando los tobillos.

Ya son las 2:00 a. m.

Susana saca su celular y pone varias alarmas para despertarse.

$$4{:}50 \text{ A. M.}$$

$$4{:}55 \text{ A. M.}$$

$$5{:}00 \text{ A. M.}$$

$$5{:}05 \text{ A. M.}$$

$$5{:}10 \text{ A. M.}$$

$$5{:}15 \text{ A. M.}$$

$$5{:}20 \text{ A. M.}$$

Si se levanta más tarde, no llega a clase aunque salga sin bañarse. Conecta su celular —porque si se descarga da lo mismo cuántas alarmas ponga— y se mete entre las cobijas.

Duerme un sueño incómodo, como lleno de pesadillas de las que no se va a acordar al despertarse.

La noche pasa entre risas de alguien más, en otro lugar. También pasa una buena parte de la mañana. Puso miles de alarmas y ninguna la levantó. Casi parecía que alguien las había apagado.

Cuando por fin abre los ojos, Susana sabe que ya no hay nada que hacer. Ya el sol brilla. Ya salió de atrás de las montañas. Ya no llegó. Le va a tocar inventarse que se enfermó, aunque eso significa que le va a tocar dar doble excusa: una para su ausencia y otra para la ausencia del ensayo. Ya ni modo. Ni por muchos ojitos que le haga al profesor se salva de esta. Le da pereza pensar en cómo le va a decir a su mamá que le toca pagar otro semestre de universidad.

Susana suspira.

Ya. No más. Ya no importa. Bueno, importa pero no quiere que le importe. Hay que dejar morir la clase y ya. Igual la vuelve a ver el próximo semestre. Si es ella quien consigue la plata ni les tiene que importar a sus papás que le toque repetir.

Se levanta de la cama y sale de su cuarto hacia la cocina. Al entrar se encuentra con su mamá, que está leyendo el periódico sentada en la mesa. **«DESPUÉS DE VARIOS AÑOS SIGUEN DESCONTROLADOS LOS ÍNDICES DE NATALIDAD»,** dice el titular de la página que se alcanza a ver. Susana se queda mirando e intentando leer sin decir nada.

—Ay, mi amor, ¿no tenías clase hoy temprano? —dice su madre, sorprendida de verla en la cocina a esa hora.

—No, mami, me la cancelaron porque ya estamos en las últimas semanas de clase —miente Susana para ahorrarse el sermón.

—¿Y no tenías que entregar un ensayo hoy?

—Es para el lunes.

—Ah, bueno. ¿Quieres desayunito? Qué rico que te puedas quedar de vez en cuando y dormir hasta tarde.

—Sí, ma, gracias. Rico unos huevos con arepa.

—¿Y chocolate?

—Sí, rico.

La mamá de Susana dobla el periódico y se levanta a preparar el desayuno de su hija, que toma su puesto en la mesa y agarra el periódico.

—Está bien loco esto de los índices de natalidad, ¿no? —dice Susana sin dejar de mirar el titular—. Ya lleva mucho tiempo así.

—Ay, hija, sí. Qué cosas más raras las que pasan en esta ciudad.

—Mhm.

—Prométeme que tú no te vas a embarazar —dice la madre, volteándose en el acto, mirando a su hija a los ojos y sosteniendo dos huevos en una mano y una sartén en la otra.

—¡Ay, mamá! Obvio no —responde Susana incómoda.

—Pero en serio. Yo sé que a uno le dan ganas de hacer cosas, pero...

—¡Mamá, por favor!

—Solo prométeme que te estás cuidando.

—Sí, mamá. Sí me estoy cuidando.

—Pero de verdad, nada de esas pastillas del día después. Si necesitas que te cuadre cita con el...

—¡Yo sé! ¡Ya fui! ¡Ya sé qué me toca hacer! ¡Ya lo estoy haciendo! ¿Podemos por favor por favor cambiar de tema?

—Ok, ok. Perdón por no querer ser abuela todavía.

—Ay, ma —dice Susana volteando los ojos.

—¿Has sabido algo de lo de Cata?

Susana deja el periódico en la mesa y suspira.

—Pues la última vez que hablé con sus papás todavía no habían encontrado el cuerpo, pero pues es que ni han encontrado el avión.

—¿Y Arturo? ¿Cómo está?

—Ni idea, no contesta el celular.

—¿Y tú?

—Pues, mami, he estado ocupada con la universidad, entonces no he tenido mucho tiempo de pensar en eso, afortunadamente. Pero pues igual está bien mierda que se mate tu mejor amiga.

—Ay, mi Susi. Lo siento mucho.

—Sí, ma. Todos.

Su mamá mira hacia el piso unos segundos y luego se voltea para seguir preparando el desayuno de su hija. Susana se queda mirando cómo el polvo flota en el aire, dentro de un rayo de luz que entra por la ventana de la cocina.

—Oye —dice su madre rompiendo el silencio—, el otro día estaba arreglando el clóset donde están todos los álbumes de fotos y me encontré una cámara supervieja.

Se oye cómo su mamá rompe los huevos en el borde del mesón, los abre y los deja caer en la sartén. La cocina se inunda del ruido blanco que hacen los huevos al fritarse.

—¿Cámara de fotos?

—Sí, sí. Una cámara de fotos supervieja. Creo que era de tu abuelo y debió quedar ahí guardada luego de que se murió. Está toda sucia, pero creo que si la llevamos a arreglar seguro funciona.

—Sí, chévere, ma —dice Susana medio distraída.

—¿Por qué no vas y la dejas arreglando? Así repones la cámara que se llevó Cata.

A la mesa llega el plato con el desayuno. Dos huevos fritos, una arepa blanca con mantequilla, una taza de chocolate y un vaso de jugo de naranja. Susana se siente extrañamente normal en lo que han sido dos semanas particularmente extrañas. Catalina se mató justo antes de que empezara exámenes finales, que se convirtieron en la excusa perfecta para no tener que tocar el tema. Oír el nombre de su amiga le hace sentir que se le pierde el piso bajo los pies.

—Puede ser —responde Susana empezando a cortar la yema del huevo.

—En el centro seguro hay donde arreglarla.

—Sí, sí, yo conozco un par de tiendas donde arreglan cámaras.

—Mira —dice su mamá, saliendo de la cocina.

Susana oye los pasos apresurados de su mamá yendo a su cuarto y de vuelta. Cuando regresa a la cocina trae en las manos una cámara de metal gris con plástico negro. En la parte de arriba dice «Nikon» y justo encima se alcanza a ver una pequeña F.

—Huele un poco raro, pero se ve como que todavía puede servir.

—¿Cómo así que huele raro? —responde Susana, extrañada por el apunte de su madre.

Al recibir la cámara, Susana entiende automáticamente por qué su mamá menciona algo tan particular como el olor de una cámara de fotos.

—Uy, ma, esto huele fatal —dice arrugando la cara del asco.

Un olor a azufre penetrante se desprende del aparato. Casi lo puede saborear.

—Pues no sé qué será, pero igual se ve que es una buena cámara. Seguro que donde las arreglan las limpian.

—¿Cómo no te habías dado cuenta de que esto estaba dentro del clóset?

Susana agarra la cámara con dos dedos, alejándola de su cara y de su comida.

—No sé. Estaba dentro de una caja llena de fotos y de papeles y otras cosas viejas. Boté la mayoría, pero me pareció feo botar la cámara. Supuse que tú la ibas a querer —dice su madre emocionada.

A Susana le dan ganas de vomitar.

—Listo, listo. Yo voy y la mando a arreglar, pero llévatela de acá, que no puedo desayunar con este olor.

Su madre coge la cámara y la saca de la cocina.

—Te la dejo en la mesita de la entrada, para que la cojas cuando vayas a salir. Me voy a arreglar, que ya se me está haciendo tarde —dice su madre desde el cuarto de al lado.

—¡Vale! —responde Susana en voz alta—. ¡Y gracias, ma!

—¡De nada, mi niña! ¡Ojalá la disfrutes! ¡Te dejo plata para que la lleves a arreglar! —se oye desde otro cuarto.

—¡Gracias!

Susana lleva años tomando fotos, pero le prestó su cámara a Catalina antes de que se fuera para Madrid y cuando se enteró de su muerte lo último en lo que pensó fue en que le iba a tocar comprar una cámara nueva. A lo mejor sí es buena idea retomar el hobby. Técnicamente, como ya no entregó el ensayo de hoy, ya salió a vacaciones. Una excursión fotográfica es una buena manera de evitar el tema de la muerte de Catalina, ahora que no tiene exámenes con los que pueda distraerse.

Recuerda lo que le dijo Catalina cuando le pidió la cámara:

—Tú me prestas la cámara y yo te traigo un regalito de Madrid.

Le dijo que sí, aunque sabía que le iba a traer un souvenir barato, que era lo único que le gustaba comprar cuando estaba de viaje. Se la habría prestado aunque no le trajera nada.

Susana toma un poco de jugo de naranja, como para quitarse el olor a azufre de la garganta. Entre bocados de huevo y mordiscos de arepa saca su celular y busca en internet a ver si el sitio de cámaras que conoce está abierto hoy. No hay razón para que no.

En efecto. Carrera Séptima con calle 22. Abierto de 9 a. m. a 6 p. m.

Susana se para y se va a su cuarto. Ya son las 10:00 a. m. y si no se apura va a desperdiciar el día. Ella sabe cómo es. Se desviste, se mete a la ducha, se lava el pelo con champú olor a coco —el mismo que usaba Catalina— y se echa jabón en todo el cuerpo por encima de las rodillas. Siempre se siente un poco sucia por no lavarse los tobillos, pero es que el trabajo de agacharse y hacerlo a conciencia es algo que nunca parece valer la pena. Además, no le gusta fijarse en las cicatrices. Desde la planta de los pies hasta justo encima de los tobillos está lo que quedó de jugar a saltar una fogata cuando tenía ocho años. Era obvio que iba a lograr el salto. No lo dudó ni un segundo. Catalina tampoco.

«¡Dale, Susi! ¡Corre rápido!».

Ni siquiera estaba asustada. Si los adultos son malos para medir el riesgo de sus acciones, los niños van por ahí a la merced de la Mala Suerte, tan seguros de que pueden saltar una fogata como de que se van a levantar al día siguiente.

todo fue el

de   olor

peor   a

Lo   carne.

Luego las cirugías, los implantes de piel, la recuperación, el olor a vendas, los momentos en los que su profesor de natación la obligaba a quitarse los zapatos y las preguntas imprudentes de los niños de la clase. Susana aprendió a usar medias altas, de las que llegan casi hasta las rodillas, incluso cuando hace calor. Sabe que Catalina siempre se arrepintió de hacerla saltar, en especial porque era tres años mayor. Recuerda que la acompañó todos los días que estuvo en el hospital. Montar en avión es, de una u otra manera, hacer un salto, ¿no? ¿Será que cuando se cayó el avión por fin supo cómo se siente quemarse? ¿Cómo se siente fallar un salto que, uno asume, es imposible de fallar? Dijeron que el avión había caído en el agua, pero por alguna razón a Susana le es imposible imaginarse una catástrofe aérea sin pensar en fuego por todas partes. Le es imposible imaginarse cualquier catástrofe sin pensar en fuego por todas partes. Se mira los tobillos y apaga el agua.

Susana suspira mientras se seca el pelo con una toalla.

Sale de su cuarto y llega a la mesita de la entrada de la casa, en donde la esperan la cámara y dos billetes de cincuenta mil pesos. Es evidentemente más de lo que necesita para arreglarla. Se siente un poco mal por agarrar los dos billetes, pero igual lo hace. Su mamá la cuida demasiado, piensa algunas veces.

La cámara huele fatal.

«Agh, bueno, ni modo», piensa Susana, agarrando la cámara y metiéndola dentro de la maleta.

Revisa que tenga todo lo necesario antes de salir: celular, llaves, billetera, cámara, carnet de la universidad, audífonos. Todo listo. Sale de su apartamento, baja las escaleras, se despide del portero de su edificio y sale a la calle.

—Hasta luego, doña Susana —se alcanza a oír decir al portero mientras se cierra a sus espaldas la puerta de vidrio que separa el interior del edificio del resto de Bogotá.

Con la plata que le dejó su mamá seguro que no hay problema si hoy se da el lujo de coger un taxi. Bueno, el «lujo» de coger un taxi. Ni que el glamour escurriera por el parabrisas de los bichos amarillos que andan por las calles de Bogotá. Es más un tema de tiempo que otra cosa. En bus es poco más de una hora, en taxi son unos treinta y cinco minutos. Pero bueno, si coge taxi no le toca caminar al paradero. Justo uno viene bajando por la calle en frente de su edificio. ¿Qué hacer? Susana se acerca al borde y saca la mano para parar al taxi.

El taxista abre la ventana mientras se detiene frente a Susana.

—¿Para dónde va, mamita?

...

—Para el centro.

—Uy, no, niña, yo para allá no voy.

El conductor cierra la ventana y se va. Ni modo. A estas alturas del partido ya todos en Bogotá están acostumbrados a tener que aguantarse los caprichos de los taxistas. Que si por favor no se me atraviesa, que si no se pasa el alto, que si me lleva por favor a X o Y lugar, que le pago más, que está lloviendo y me estoy mojando, que tengo una emergencia, que por favor, por favor, por favor. Nada. Mientras Susana se pregunta si coger taxi es un error, aparece otro doblando la cuadra y yendo directo hacia ella.

Bueno, pues. Si me lo pones así…

Mano arriba a la orilla de la calle y el taxi se detiene.

—¿Está libre? —pregunta Susana.

—Sí, señorita.

Susana se monta y cierra la puerta.

El taxista prende el taxímetro y le sonríe por el espejo retrovisor.

—¿Para dónde vamos hoy, señorita?

—Para la Carrera Séptima con calle 22.

—Uy, entonces nos queda un camino larguito. Acomódese ahí atrás y esperemos que no nos coja el tráfico.

El taxista arranca y Bogotá se hace un carrusel por las ventanas. Susana recuerda todas las veces que alguien le ha dicho que es peligroso parar un taxi por la calle. Que la van a violar, que cómo va a andar una niña sola por las calles de Bogotá, que cuidado con ese taxista que hace que las niñas que se montan en su carro se hagan pipí, que andar en taxi es de mal gusto, que por lo menos en el bus hay gente que está mirando si te tratan de robar. Sabe que la mayoría son prejuicios, que otras juegan entre el machismo medio escondido o el clasismo resplandeciente, que las cifras de criminalidad discriminan menos que las personas, pero no puede evitar sentirse insegura. También sabe que casi todo son generalizaciones, que a la gente le suele dar pereza matizar las cosas antes de decirlas y que les gana el afán por aportar a la conversación. No todos los taxistas van a hacer que te orines en su asiento trasero. A lo mejor sentirse así tiene que ver más con andar por Bogotá que con montar en taxi, pero no puede evitar que el dicho común plante la duda. Susana siempre ha tenido miedo de no poder disfrutar de su ciudad no porque sea tan insegura como le dicen, sino porque, de tanto decirlo, no puede evitar que así se sienta.

El camino transcurre en silencio, sin eventualidades, sin que se cumpla ninguna de las advertencias. El trayecto sale más barato de lo que Susana tenía presupuestado y se demora menos de lo que originalmente tenía planeado, casi como si la ciudad le pudiera leer la mente y le estuviera diciendo «No sea exagerada». Susana se baja del taxi justo en frente de la tienda que busca.

COMPRAVENTA DE CÁMARAS

Recuerda haber pasado frente a la tienda muchas veces, pero nunca haber entrado. Siempre se detenía unos minutos a ver la vitrina, aunque tantas cámaras apuntándole a la cara la hacían sentir incómodamente observada, como si alguien, en otro lugar, la estuviera vigilando. Le gustaba quedarse mirando las cámaras, fantaseando con coleccionarlas, con poder tomar fotos con unas y otras y poder finalmente exponer su trabajo en alguna galería de la ciudad. A los diecisiete compró una cámara digital medio decente con la plata que le dieron en su cumpleaños. Siempre la llevaba cuando salía a pasear y le tomaba fotos a sus amigas posando, en especial a Catalina, que le decía que era la mejor fotógrafa que conocía, aunque seguro era porque no conocía a ninguna otra. Cuando entró a la universidad vio un par de cursos de fotografía y se dio cuenta de lo malas que eran las fotos que había tomado hasta ese momento. Poco a poco mejoró, pero también lo fue abandonando. La universidad requería de demasiado tiempo, o esa era la excusa. Cuando Catalina le pidió la cámara prestada le tocó buscarla más de lo que se siente cómoda de admitir. Solo ahora, parada en frente de la tienda, se da cuenta de que está más emocionada de lo que pensaba. Le sorprende lo mucho que la conoce su mamá.

La puerta golpea una campanita cuando se abre.

—Buenas —saluda Susana sin ver a nadie.

—¿Qué necesita?

La voz de un hombre sale de algún lugar de la tienda. A lo mejor es uno de esos sitios en los que el vendedor te habla por parlantes en las paredes. Alguna vez vio en un video en internet que algo así estaban haciendo en Japón, pero le parece raro que haya un lugar de esos en el centro de Bogotá. De pronto los de la tienda sí la están vigilando. No puede evitar entretener la posibilidad, aunque sabe que nadie la va a creer si llega a ser verdad. La idea le suena ridícula, y todo se confirma cuando Susana se da cuenta de que hay alguien leyendo el periódico detrás del mostrador. Se da cuenta de que ya han pasado más segundos de los que es cómodo esperar para responder una pregunta. Qué oso.

—Tengo una cámara dañada. Me dijeron que acá la arreglaban.

El tipo baja el periódico y se levanta. Susana se sorprende al ver a un hombre mayor al que se le dificulta caminar. Tiene la cara llena de arrugas y se nota que se afeitó hace poco. No puede evitar sentir algo de ternura. Le recuerda a su abuelo, aunque en realidad no se parece en nada. A lo mejor es la edad. Con toda seguridad es la edad. El hombre tiene los ojos grandes y brillantes y la mira fijamente.

—¿La trajo?

Susana se quita la maleta, la pone sobre el mostrador y saca la cámara, que evidentemente ya apestó todo lo que había dentro.

—A ver —dice el hombre estirando la mano.

Susana le pasa la cámara y en cuanto él la agarra arruga la cara por el olor. Es extraño ver arrugas sobre arrugas.

—Uy, ¿y esto por qué huele así?

—No tengo ni idea, pero si puede quitarle el olor también se lo agradecería.

El hombre mira a Susana a los ojos y ella se da cuenta de que a lo mejor le está pidiendo demasiado.

—Pues puedo intentar, pero no le aseguro nada.

—Listo.

Mejor eso a que le digan que se vaya a otro lugar.

—Venga mañana. El arreglo le cuesta cincuenta mil pesos.

Ni modo.

—Ok. Se la dejo entonces. ¿Necesita que le deje algo más?

—Puede pagar hoy o mañana. Lo que le quede más fácil.

—Se la dejo pagada entonces.

Susana saca uno de los billetes que le dio su mamá y se lo pone sobre el mostrador.

—Deme un segundo y le doy el recibo.

Susana ve cómo el hombre saca de abajo del mostrador uno de esos cuadernos llenos de recibos que se usaban antes de que hubiera cajas registradoras con impresora. De esos que hacen que se demore más la entrega del recibo que todo el resto del proceso de compra. Le da una pereza sobrenatural tener que esperar.

—Voy de afán, si algo me lo da mañana —dice Susana mientras retrocede y sale de la tienda.

Cuando está fuera se siente mal por no haberse despedido siquiera. Le ganó la pereza y el tedio de esperar. Bueno, mañana le deja propina o algo. Está más emocionada de lo que pensó que iba a estar. Mañana tiene cámara nueva y tiempo para estrenarla. A lo mejor incluso se puede quedar por el centro tomando fotos todo el día. Por primera vez desde la muerte de Catalina, se siente con ganas de hacer algo distinto a solo intentar no pensar en ello. Sabe que el resto del día va a ser un constante intento de que el tiempo pase rápido, aunque también sabe que ese mismo esfuerzo es la causa de que el tiempo se sienta lento y espeso, como un caracol tratando de cruzar un jardín. El resto del día Susana siente que se arrastra por un jardín enorme, un jardín de gigantes.

Al otro día, Susana ve de frente la tienda de cámaras.

COMPRAVENTA DE CÁMARAS

Son las 9:05 a. m. y justo acaban de abrir. Pasó la tarde y la noche tratando de distraerse con documentales en internet. Aprendió que en la Inquisición no quemaron a tanta gente como le hicieron creer en el colegio, pero que a los que sí quemaron se demoraron más de quince minutos en morir; que, si el sol se apagara, la gente en la Tierra se demoraría más de ocho minutos en darse cuenta; que todo parece indicar que hay realidades paralelas; que las distancias en el universo son tan absurdamente enormes que, incluso si existe inteligencia como la nuestra en otros planetas, el simple hecho de estar tan lejos impide que conocernos sea factible; que la Nikon F, la cámara que está llegando a recoger, le salvó la vida a varios reporteros en la guerra de Vietnam al recibir las balas en su lugar, y que Bogotá parece ser una de las opciones más viables para vivir en un futuro arrasado por el calentamiento global. Si bien todo la distrajo, nada impidió que Catalina se le apareciera en sueños. Le estaba tomando una foto.

«¡Sonríe!», le decía Susana, mientras Catalina, hasta los hombros en el agua, le hacía muecas al lente de la cámara.

La campanita de la puerta de la tienda suena cuando Susana entra.

> Una   mosca, quién sabe por   cuánto
>   tiempo encerrada en la tienda,   por
> fin logra escapar   por la puerta abierta.
>   La luz del sol   deslumbra sus ojos
>   granangulares y el viento la arrastra
>   en pleno vuelo.

—Buenos días —dice el viejito detrás del mostrador—. No pensé verla por acá tan temprano.

El hombre está ahí parado, sonriendo, casi como si la hubiera estado esperando.

—Buenas —responde Susana—. Si quiere que venga más tarde no hay problema.

—No se preocupe, la cámara está lista. Es solo que acabo de abrir.

Susana asiente sin saber muy bien qué decir.

—¿Quiere un café, señorita?

—No, gracias, vengo por la cámara y salgo, que tengo un poco de afán.

—No se preocupe. Deme dos segundos y voy por ella.

El hombre entra a un cuarto en la parte de atrás de la tienda y vuelve con la cámara.

—Acá está —dice pasándole la cámara a Susana—. Estaba llena de ceniza. Yo creo que eso es lo que hacía que oliera tan fuerte.

—¿Ceniza?

Susana acerca la cámara a su nariz. El olor aún es intenso y la hace estornudar.

—¡Salud! —dice el hombre mientras se tapa la cara con la manga.

—Gracias.

Estornudar siempre es un poquito humillante, en especial porque solo depende de la suerte qué tanto reguero se va a hacer. Todo esto se hace aún más latente con la constante epidemia de resfriados que asegura el clima de la ciudad. Esta vez el estornudo es leve, nada de lo que preocuparse.

—¿Y no sabe de dónde salió la ceniza? —pregunta Susana intentando recuperar la compostura.

—Pues si usted no sabe, menos yo —dice el hombre levantando los hombros.

—No, ni idea. ¿Pero la cámara quedó funcionando?

—Sí, sí. Está funcionando.

—Bueno, ni modo. Igual mil gracias.

—No, nada. Gracias a usted. ¿Necesita algo más?

—Un par de rollos, por favor.

—¿Alguno en particular?

—El más barato a color.

El hombre saca dos rollos de la parte de abajo del mostrador.

—Son treinta mil pesos.

—Listo, ¿le debo algo más?

—No, con eso ya queda todo pagado.

Susana saca el segundo billete que le dejó su mamá y paga los rollos. Esta vez sí espera a que el hombre le haga el recibo, aunque es justo tan tardado como pensaba.

—Bueno, mil gracias. De pronto vuelvo por más rollos luego —se despide Susana.

—Listo. Que tenga un bonito día.

La campanita de la puerta le anuncia a la ciudad que Susana está lista para salir a fotografiarla, aunque solo ella la oye. Abre uno de los rollos, lo carga en la cámara, revisa que todo esté en orden y toma la primera foto. Suena el obturador y el rollo en movimiento. Solo son personas caminando por la Carrera Séptima, pero le sirve para asegurarse de que la cámara funciona. Sabe que se va a tener que acostumbrar al olor, pues no puede asomarse por el visor sin tener que ponerse la cámara en la cara.

El paseo por el centro de Bogotá dura el resto de la mañana y casi toda la tarde. Susana le toma fotos a vendedores ambulantes, a familias que disfrutan de su sábado por la mañana, a transeúntes distraídos, a niños jugando, a los edificios de ladrillo, al Congreso de la República, a los cerros de Bogotá y a Monserrate, a la Plaza de Bolívar y a las palomas que la invaden.

Al ver que le queda una última foto, Susana suspira.

Por primera vez en el día piensa en Catalina, en que si estuviera viva seguro la habría acompañado, en cómo habría posado, en los chistes que habría hecho, en los souvenirs estúpidos que habría comprado aunque estuviera en su propia ciudad, en que habría insistido en que se tomaran por lo menos una selfie.

Susana voltea la cámara y se ve reflejada en el lente. Presiona el obturador y se gasta la última foto en lo que será con seguridad un autorretrato mal tomado.

Vuelve a suspirar y Catalina invade su mente. No sabe si los documentales van a ser suficientes para pedirle que se vaya.

Hay un centro de revelado cerca de su casa y puede dejar los rollos de camino para ahorrar tiempo. Obviamente se va a tener que ir en bus. Qué pereza.

—¿Eso es todo? —pregunta la mujer del otro lado del mostrador.

—Sí, gracias.

—Puede venir por sus fotos mañana por la mañana, que igual abrimos en domingo.

—Buenísimo. Mil gracias.

Su mamá no había exagerado tanto como pensó al dejarle los dos billetes el día anterior. Entre el arreglo, los rollos y el revelado ya incluso le había tocado poner un poco más a ella. Cuando Susana entra a la casa se la encuentra sentada en la mesa del comedor, leyendo el periódico, como siempre.

«NO HAY PISTAS SOBRE EL TAXISTA DIURÉTICO DEL BARRIO TOKIO».

—Hola, ma.

—¡Hola, mi Susi! —responde su mamá emocionada—. ¿En qué estuviste hoy todo el día? Pensé que te ibas a quedar trabajando en tu ensayo.

—No, no, ya lo terminé. Hoy recogí la cámara y estuve tomando fotos en el centro.

Su mamá se ve evidentemente ilusionada.

—¡Ay, mi niña, me alegro! ¡Muestra cómo quedó la cámara!

Susana saca la cámara de su maleta y se la da a su mamá.

—Bueno, todavía huele raro —dice acercando la nariz a la cámara—. Pero se ve perfecta, ¿sí te sirvió?

—Sí, ma. Ya dejé un par de rollos revelándose en un sitio por acá cerca.

Su madre mira al piso y luego mira a su hija con seriedad.

—Mi amor, hoy llamaron los papás de Cata.

A Susana se le arruga el corazón. Ahora sí que los documentales no van a servir para nada.

—Dijeron que ya encontraron el avión. Que ya saben qué fue lo que pasó.

—Ok.

—¿Quieres que te cuente?

—Pues ya qué. Si lo mejor era no contarme no me hubieras dicho nada.

Susana no puede evitar la rabia, aunque sabe que su mamá no tiene la culpa.

—Dijeron que un pasajero abrió una salida de emergencia. Que el tobogán de evacuación se activó y que la tripulación no logró controlar la situación.

—¿Y el cuerpo?

—Que no saben todavía si van a poder rescatar los restos del avión.

—O sea que estamos en las mismas.

—Pues ya sabemos qué pasó.

—Todos sabemos qué pasó desde el primer día. Cata se mató y ya no hay nada que hacer. Todo lo demás son detalles para que pongan en el periódico.

—Lo siento, mi Susi.

—Sí, mamá. Todos. Es lo mínimo.

Susana aprieta los puños y se entierra las uñas en las palmas de las manos, como si hacerse doler lo hiciera todo un poco más fácil, como si el sufrimiento físico pudiera dejar mudos al resto de dolores. Siente un nudo en la garganta que va subiendo por su cara hasta convertirse en lágrimas en sus ojos.

—¿Quieres que te prepare algo de comer?

—No, gracias, ma, me voy a dormir ya.

Su mamá mira al piso y trata de sonreír.

—Ok. Duerme rico. Te amo. Si me necesitas, acá voy a estar.

—Ok.

En su cama, Susana mira el techo y siente como el techo la mira de regreso. Se imagina un avión cayendo desde el cielo con el tobogán al aire, como una lengua amarilla saboreando las nubes, mientras la diferencia de presión intenta ahogar a todos los tripulantes. Se imagina la foto que saldría en primera plana del avión cayendo. Se imagina a sí misma tomando la foto. Se imagina a Catalina en el avión antes de morir. Dormida, viendo una película, leyendo un libro, ignorando toda posibilidad de que un loquito decidiera abrir una salida de emergencia. Se imagina el fuego en la cabina, aunque sabe que no hubo. Se imagina el instante en el que las personas se dan cuenta de que ya no hay nada que hacer, de que no pueden salvarse. Se pregunta cuál habrá sido la emergencia en la cabeza del loco que abrió la puerta. Se pregunta cuánto tiempo más durará la constante preguntadera. Recuerda el sueño, a Catalina entre el agua, la foto que le tomó, y se queda dormida con lágrimas en los ojos.

«¡Sonríe!».

Se levanta tarde en la mañana porque le pican los tobillos. El sol ya salió de atrás de las montañas. Se quedó dormida con la ropa del día anterior. En su celular hay un mensaje de su mamá. Son las 11:30 a. m.

«Salí al supermercado. Nos vemos por la tarde. Espero que te sientas mejor. Te amo».

Susana se siente mal por su reacción la noche anterior.

«Te amo —escribe de vuelta—. Gracias por la cámara».

Susana se levanta de la cama, se estira como intentando alcanzar el techo del cuarto. No lo alcanza. Nada raro.

—¡Las fotos!

Se termina de levantar de repente al recordar que ya puede ir a recoger su trabajo del día anterior. Se cambia de ropa a toda velocidad y sale de la casa directo al centro de revelado.

—Sus fotos son muy interesantes —le dice la mujer detrás del mostrador mientras le entrega un sobre.

—Muchas gracias —responde Susana extrañada—. Está segura de que estas son las mías, ¿cierto?

—Sí, segurísima. Nadie más vino a revelar ayer.

—Bueno…, pues qué bueno que le hayan gustado.

Susana no sabe cómo reaccionar al halago.

—Nunca había visto nada así.

—Gracias.

—Que tenga un buen día, señorita.

—Gracias. Usted también.

Susana decide esperar a llegar a su casa para abrir el sobre. Está emocionada por ver qué es eso que a la mujer del centro de revelado le pareció tan fascinante.

Se sorprende de lo distinto que uno se puede sentir entre una noche y la mañana siguiente. Se siente un poco culpable por estar tan feliz, aunque también sabe que Catalina así lo preferiría.

Llega directo a su cuarto. Quita todo lo que tiene encima de la cama y se sienta con el sobre entre las manos. Lo abre por uno de los extremos, con cuidado de no ir a romper alguna foto. Saca el paquete y se lo pone sobre las piernas.

LA PRIMERA FOTO ES TODA GRIS

LA SEGUNDA FOTO ES TODA GRIS

LA TERCERA FOTO ES TODA GRIS

Susana no entiende nada.

Despliega las fotos sobre la cama y trata de entender qué es lo que está viendo. Evidentemente estas no son sus fotos.

Vuelve a las primeras y las examina bajo la luz de la lámpara de su mesa de noche. No son todas grises. Cambian entre ellas, como nubes, como humo. Agarra otras tantas y las mira con cuidado una a una. En algunas se distinguen edificios, pero no son los edificios a los que les tomó fotos. Parecen ruinas, todas quemadas, llenas de humo, como si fueran imágenes de los restos de un incendio.

A Susana le empiezan a picar los tobillos.

Entre el montón de fotos hay una que llama su atención. La coge y ve una figura oscura. Parece un cuerpo negro y sin cara. Es el retrato de un cuerpo carbonizado. Casi como una selfie.

Un escalofrío baja por la espalda de Susana, recorriendo sus piernas y llegando a sus pies, que ahora le pican intensamente.

Susana suelta las fotos y se levanta de la cama. Nada de esto tiene sentido. Se acerca de nuevo y, con cuidado, empieza a revisar foto por foto.

Sí son sus fotos. O, bueno, parece que son las cosas a las que les tomó una foto, pero todo después de un gran incendio.

Susana se pellizca el brazo y le duele. Tiene revuelto el estómago.

Trata de recordar a qué le tomó fotos y ver si puede identificar qué imagen es qué.

Su selfie es la más evidente. Luego hay varias en las que se ven cuerpos en el suelo. A lo mejor esos son los retratos de las personas que estaban en el centro ese día. Entre los edificios hay uno que resalta por lo obvio: el Congreso.

Está todo quemado y en ruinas, pero se ve perfecto que es el mismo edificio. Seguramente las que son todas grises son las fotos en donde el humo está demasiado denso, de pronto los cerros y los edificios altos. ¿Será que alguien le está jugando una broma de mal gusto? ¿De esas que se ven en internet?

Susana se sienta en la cama, se quita los zapatos y se saca las medias. Siente como si se hubiera untado miel en los pies y los hubiera metido en una colonia de hormigas. Se rasca ferozmente las cicatrices.

Busca la cámara y la revisa. Aparte del olor, todo parece normal. Sí huele como si la hubieran sacado de un volcán. Un hecho curioso pocas veces es parte de algo más grande. O, más bien, pocas veces uno es capaz de ver la dimensión de las cosas a partir de los detalles.

La cámara huele raro, pero funciona bien después de que la arreglaron. Si no fuera domingo llamaría a la tienda a ver si encontraron algo extraño mientras la reparaban. Le toca esperar hasta mañana. Mientras tanto no puede ignorar las fotos que tiene en sus manos.

Un par de búsquedas en internet solo arrojan resultados que no le dicen nada. Descuentos en un perfume que huele a azufre, que no entiende por qué alguien compraría; fotos de desastres naturales de todo tipo; novelas de ciencia ficción (tan predecibles que le da pereza seguir leyendo). De pronto en redes sociales alguien le puede dar una pista.

> Hace unos días encontré una cámara antigua en mi casa. Estaba dañada y fui a arreglarla. Ayer fui a tomar fotos en el centro de Bogotá y estas son las fotos reveladas. No sé por qué las fotos salieron así. No entiendo qué tiene la cámara y no sé qué significa nada de esto.

Intentar demostrar que todo era cierto y no la broma que parecía era inútil, pues es lo primero que haría alguien que quiere hacer pasar fotos falsas por fotos reales. Aunque sabe que seguramente nadie la va a creer, igual está la posibilidad de que alguien sepa algo, por pequeño que sea. Susana sabe que, en cualquier caso, casi con total seguridad jamás va a poder entender qué es lo que en realidad está sucediendo. Probablemente nadie pueda. Afortunadamente las fotos se ven, por lo menos, como un trabajo de edición magnífico. Aunque nadie le suelte algo de información, todavía está la posibilidad de que le pueda vender las fotos a algún coleccionista de arte o algo así; a la de la tienda de revelado le habían gustado, ¿no?

Adjunta la foto del Congreso en ruinas, su selfie, varios de los retratos con cuerpos en el piso y un par de fotos del humo. Da clic en el botón de «Publicar» y se arrepiente justo después. Piensa en eliminarlo, pero también se arrepiente. Quién sabe qué vaya a decir la gente. Pero bueno, ¿ya qué? No había mucho que perder en cualquier caso. Ya se la jugó y ahora solo queda esperar.

Susana suspira y se rasca los tobillos.

Todavía no se ha bañado y para quitarse el estrés y la incomodidad de encima decide hacerse una tina en el baño de su mamá. Se siente un poco mal por gastar agua de esa forma, y tiene claro que es un hábito que cuanto antes se quite mejor, pero algunas veces que alguien en África se quede sin agua no parece tan grave como el estrés que siente por sus propias angustias. Claro, también sabe que ese es un argumento estúpido y desconsiderado, que obviamente ella es parte del problema, pero algunas veces hacerse una tina llena de burbujas parece más importante que salvar el mundo. Qué asco se da de vez en cuando.

En la tina se queda dormida, y el agua, que se va enfriando poco a poco, la despierta varias horas después. Sus manos están todas arrugadas y está segura de que le va a dar gripa. El karma por gastar agua, supone. Ve sus pies en el agua, las cicatrices y dónde terminan. Aún le molestan los tobillos, pero si se sigue rascando se va a sacar sangre.

La Mala Suerte se ríe desde arriba.

Para cuando llega a su cuarto, envuelta en una toalla y con el pelo empapado, ya son las 6:30 p. m. Ve las fotos tiradas en la cama y justo al lado su celular cargándose. Se acerca y se da cuenta de que el celular no para de vibrar. Lo recoge y se espanta al ver que no paran de llegar notificaciones.

«@bananin1994 compartió tu publicación».

«A @djerzinski_1 le gusta tu publicación».

«@tebandesade comentó tu publicación».

Sus fotos se están volviendo virales.

42.752 «Me gusta».

Compartido 32.666 veces.

Susana tiene el corazón a mil.

Se da cuenta de que #bogotaquemada y #realidadparalela son tendencia en Colombia.

Empieza a leer las respuestas y nada tiene sentido.

«Por fin alguien muestra Bogotá como debería ser. #bogotaquemada».

«fake».

«Fake».

«Las realidades paralelas sí existen y esta es una prueba. #realidadparalela #bogotaquemada».

«no creo que sean de verdad, pero me gustan muhco las fotos».

«ESTAS FOTOS NO SON DE DIOS #jesuscristoprotegenos».

«que susto #realidadparalela #bogotaquemada».

«no puedo creer que haya gente que piense que esto es verdad».

«asi vamos a terminar si siguen votando por la izquierda».

«hay cosas más importantes que unas fotos estupidas. dejen de darle importancia a cosas así. #bogotaquemada #abajolascorridasdetoros».

Casi todas las respuestas se parafrasean las unas a las otras. Nada que le dé una pista a Susana de qué está sucediendo. Entra a sus mensajes y ve cientos y cientos de conversaciones sin abrir. Un par de noticieros, unos cuantos periódicos, algún que otro influencer curioso y miles de personas que no conoce. Es extraño estar en un foco de atención en internet. Susana chismosea las conversaciones a ver qué hay.

«¿qué software de edición usaste para lograr esas fotos?».

«No te metas en cosas que no entiendes».

«Te invitamos a una entrevista en nuestro noticiero mañana en la noche».

«dios te va a castigar por estar jugando
con estas cosas».

«Con la magia negra no se juega».

«Jajajajjajajaja».

«igual ya es demasiado tarde».

Esa última llama su atención y Susana abre la conversación. La foto de
perfil de quien le escribe muestra a una señora con una camiseta de la selección Colombia.

«Igual ya es demasiado tarde. No sé de
dónde habrá sacado usted esas fotos,
y la verdad ya en este punto no importa.
Le escribo porque ya no hace diferencia,
porque me da risa ver esto hoy de todos
los días, porque estoy aburrida, supongo.
Ya pronto Bogotá dejará de existir como
usted y yo la conocemos. Sus fotos son
una ventana al mejor de los escenarios.
Ya el ritual está completo y estamos
todos esperando el resultado. Despídase
de sus seres queridos».

A Susana se le erizan los pelos de la nuca y le pican los tobillos más que
nunca.

De repente retumban las ventanas de su cuarto.

En toda la ciudad se oye un gran ruido. La gente que va caminando se
detiene en donde está, los carros frenan estrepitosamente, los pájaros
que viven en los cerros levantan vuelo para nunca regresar. Toda la ciudad
mira hacia el cielo, como esperando una respuesta.

Y la obtienen.

De Monserrate sale una gran columna de humo y ceniza que se ve en toda la ciudad. El cielo se oscurece y el pánico comienza.

La Mala Suerte se ríe desde arriba.

Dar la noticia tarde es mejor que no avisar. Lo divertido es que la gente crea que va a poder identificar aquello que les muestra el futuro y que, como en una película, conocerlo los va a salvar.

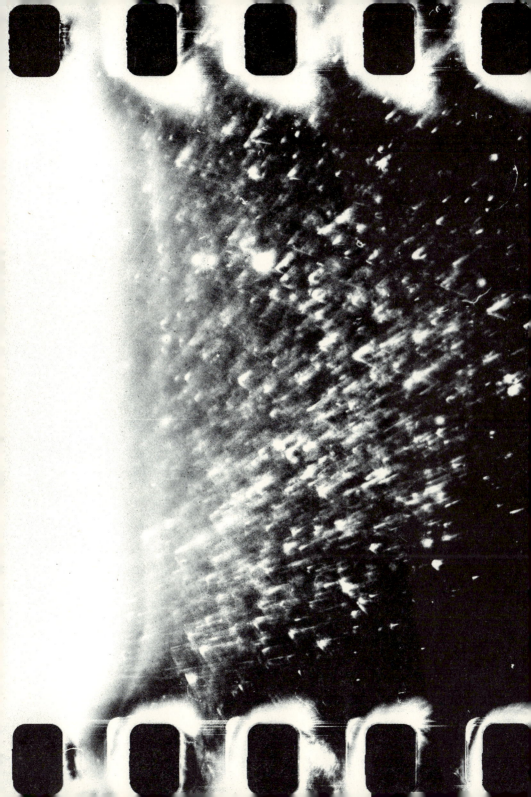

EPÍLOGO

RECUENTO DE LOS DAÑOS

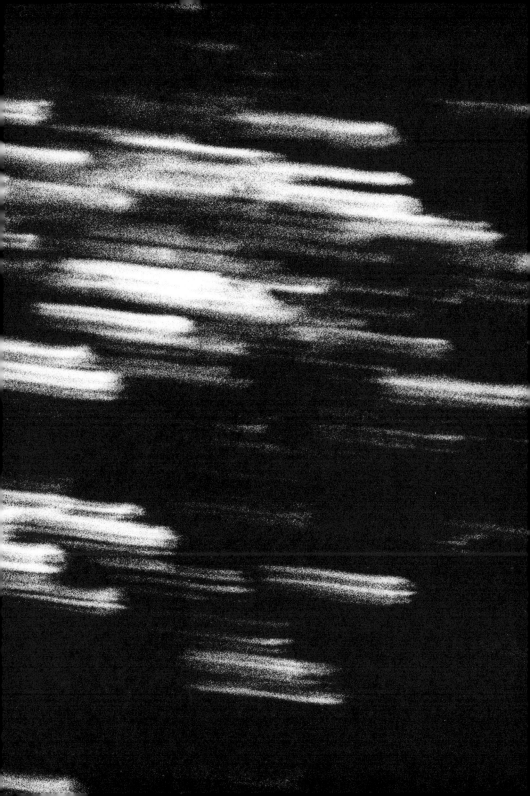

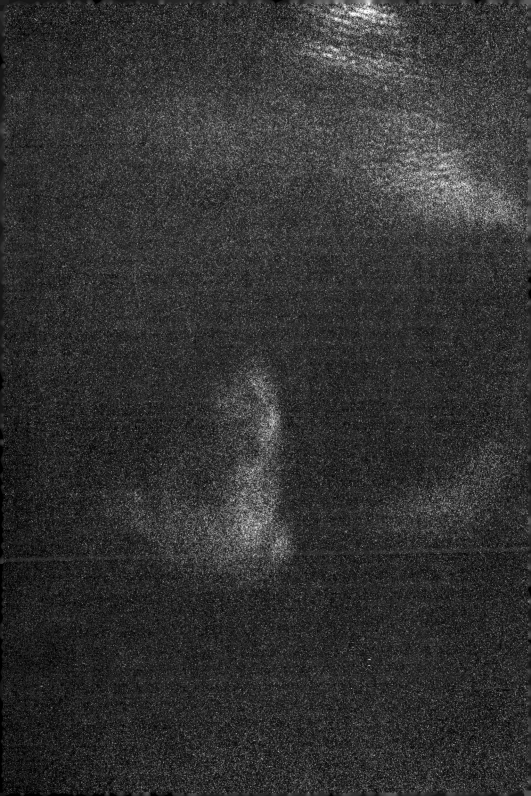

Queremos empezar por admitir nuestra sorpresa ante lo sucedido la semana pasada. Creemos que el resultado obtenido en la operación «Alabío Alabao Ala bim bom BOOM» ha sobrepasado en varios órdenes de magnitud cualquier tipo de expectativa que tuviéramos sobre su potencial como método de limpieza efectivo. De la misma manera, estamos más felices y llenos de emoción que nunca.

Lograr camuflar la invocación de un ritual de destrucción dentro de una porra popular y luego, en efecto, hacerla popular ha sido uno de los trabajos más arduos, largos y complejos de los que se tiene noticia en esta organización. Durante mucho tiempo se dijo que era imposible, pero el crecimiento en popularidad de esta porra ha sido tan espectacular que lo que empezó como una teoría extremista se convirtió en algo mucho más importante: en una esperanza. Logramos que la gente dijera las palabras mágicas para su propia ejecución. El caballo de Troya perfecto.

Empezamos por infiltrarnos en los jardines infantiles, ferias de pueblo y partidos de fútbol; después entramos en programas de televisión y en películas; luego los eventos deportivos masivos nos catapultaron a la liga de los clásicos. Somos un hito. Somos la porra de referencia en América Latina.

Sabemos que en muchos otros lugares del continente hay quienes sufren por lo mismo. Nos dieron el trabajo de velar por los humanos y los humanos empezaron a destruir nuestro hogar. Los invitamos a que esta victoria inspire a que se repita la operación en otras grandes ciudades. Todos sabemos que no se puede trabajar con estas condiciones de vida. Hacer de vez en cuando una limpieza general de la casa siempre ayuda a que se viva con mayor tranquilidad.

Nos enorgullece saber que muy pronto toda el área de lo que era Bogotá estará tan limpia como lo estuvo alguna vez. Adiós a la contaminación en nuestro río, adiós a la destrucción de nuestras montañas, adiós al ruido constante que no deja descansar, adiós a la peste que estaba acabando con nuestro hogar, adiós a trabajar para quien nos destruía. Ya nunca más trabajaremos en nada en lo que no queramos trabajar. Nunca más volveremos a tener otra junta de asignación de puestos. Ya no les respondemos a los de arriba. Lo que era Bogotá ahora es nuestro.

Con todo y esto, siempre es importante dar las gracias. A todos los que ayudaron a planear la logística del ritual: gracias. A todos los que ayudaron a conseguir el pelo de niño, los ombligos y la sangre para la ofrenda: gracias. Al coleccionista privado que donó su colección de ombligos a la causa: gracias. A todos los que creyeron en la operación desde el principio: gracias. A quienes repliquen este mismo fenómeno en otras partes del continente: gracias.

Finalmente, queremos desearles una feliz primera semana de esta nueva era. Vale la pena aclarar, por si acaso, que si están fuera de la ciudad les va mejor si no regresan en un rato.

Si están en una zona cercana a lo que era Bogotá y se ve la columna de humo, tómenle fotos y súbanlas a sus redes sociales con el hashtag #alabioalabao y las mejores serán expuestas en nuestras redes y en la cartelera de la nueva oficina (para no perder las viejas costumbres).

Nos vemos en tres semanas para la celebración del primer mes desde la erupción volcánica de Monserrate sobre Bogotá.

El futuro es, como hemos visto, luminoso.

A todos ustedes, queridos, un abrazo fraternal y lleno de alegría. Recuerden que siempre los escuchamos y que juntos repetimos:

Alabío Alabao Ala bim bom bao.

Siempre atenta,

La nueva Administración

DESDE BOGOTÁ, UN GLOSARIO.

TINTO

Agua entintada, teñida con café. Un americano de Bogotá. Casi siempre se usa en diminutivo por más grande que sea. Un tintico mañanero para pelearle al frío.

GAMÍN

Alguien que viene manejando todo lo que es la calle. Con sus propios modales.

BACÁN

Un tipo todo chévere. De los que te invita a empanada incluso cuando no es tu cumpleaños. Mejor dicho, un bacán. Derivado de bacano.

BACANO

Chévere. Algo que es una chimba.

CHIMBA

Algunas veces las cosas son muy buenas, otras son muy malas. Sirve para ambas, según corresponda.

CHÉVERE

La actitud del bacán.

LULO

Fruta verde y peluda. Solo asociada a cosas buenas.

PILAS

Estar en la juega, en la trampa, estar zonas, estar pendiente. Tener los ojos en la nuca, por si acaso. Como diría mi cucho: anticipar.

CUCHO

Mi papá.

AREPA

Maíz molido en forma de platillo volador. Se le pone mantequillita y sal, nunca miel. Tan colombiana como venezolana.

BUÑUELO

Bola de queso que explota si no se leen bien las instrucciones. Abundante en fiestas decembrinas.

MONSERRATE

El volcán de Bogotá que corona los Cerros Orientales.

SE FREGÓ

En España podrá ser lavar, pero acá es cuando las cosas se van a la mierda.

EMPARRANDADO

Enfarrado, estar ardiendo por el aguardiente. Estar prendo o más.

AGUARDIENTE

Agua que quema y te hace bailar mejor. De cariño y agradecimiento: «Guaro».

PÁLPITO

Corazonada o presentimiento. Exclusivo de tía. Casi un sexto sentido. Más le vale hacerle caso.

PARCERO

Pana, perro, socio, primo, rata, broder, calidad, lanza, mi rey, papi, pa, pez, llave, ñero, compa. En general, un amigo.

SUMERCÉ

Degeneración de «Su merced». Un cariñito que uno no busca. Cercanía y respeto perfectos para cerrar una venta o un cálido abrazo.

CHUCHA

Perfume o almizcle de la axila o sobaco. Repelente humano natural.

PAILA

«Uy, fatal, pero ni modo». «Ya qué hijueputas». A veces también es una sartén.

BIOGRAFÍA

Simón Vargas Morales nació el 24 de octubre de 1993, a la orilla de la luz, un día del censo en Bogotá, Colombia. Intenta ser músico, escritor, fotógrafo e historiador. A veces lo logra, otras no tanto, pero siempre se divierte.

ESTE LIBRO SE TERMINÓ DE IMPRIMIR

LUEGO DE LA DESTRUCCIÓN DE BOGOTÁ

LAS LUCES DE BOGOTÁ
SIGUEN ENCENDIDAS.
ALGUIEN,
EN ESTE PRECISO MOMENTO,
ESTÁ VIENDO ALGO
QUE NO DEBERÍA.